आओ पेपे घर चलें!

प्रभा खेतान का यह उपन्यास *आओ पेपे, घर चलें!* मूलतः स्त्री-केन्द्रित उपन्यास है, जो अमेरिका की पृष्ठभूमि पर लिखा गया है। इसमें प्रभा स्वयं उपस्थित हैं। यह उस समय की मार्मिक कहानी है, जब प्रभा सिर्फ़ 22 वर्ष की थीं और ब्यूटी थैरेपी का कोर्स करने अमेरिका गयी थीं।

प्रभा ने स्वयं निकट से वहाँ के भयावह सच को देखा-जाना, बुरे-से-बुरे पहलुओं से साक्षात्कार किया और स्वप्निल अमेरिका जिस आकार में उभर कर सामने आया, उसने प्रभा को सन्त्रस्त कर दिया।

वास्तव में यह कहानी अमेरिकन वृद्धा आइलिन और उसके एलसेशियन कुत्ते पेपे के प्रसंगों के इर्द-गिर्द घूमती हुई आगे बढ़ती है। आइलिन रूखी और सख़्त मिज़ाज है, पर उसके भीतर मानवीय संवेदना के स्रोत फूटे पड़ते हैं। पेपे उसके जिगर का टुकड़ा है, जैसे कि उसी का जन्मा बच्चा।

और स्त्रियाँ भी हैं इसमें। हेल्गा है, जिसका घर टूट रहा है, पर वह विचलित नहीं, बिटिना है, जो माँ से जवाब तलब करने की क्षमता रखती है, कैथी जैसी जीवन्त महिला है, जिसे नीग्रो लोगों का घिराव नर्वस कर देता है, मिसेज़ डी. है, क्लारा है और भी स्त्रियाँ हैं, जो कथ्य को सुगठित बनाती हैं।

कुल मिलाकर यह उपन्यास असंगतियों से जूझते हुए मनुष्य की चुप्पी को चीख़ में बदलने का अहसास जगाता है।

आओ पेपे घर चलें!

प्रभा खेतान

वाणी प्रकाशन

वाणी प्रकाशन
4695, 21-ए, दरियागंज, नयी दिल्ली 110 002
फ़ोन : +91 11 23273167 फ़ैक्स : +91 11 23275710

शाखाएँ
अशोक राजपथ, पटना 800 004, बिहार
कॉफ़ी हाउस कैम्पस, महात्मा गांधी मार्ग, इलाहाबाद 211 001, उत्तर प्रदेश
महात्मा गांधी अन्तरराष्ट्रीय हिन्दी विश्वविद्यालय, वर्धा 442 001, महाराष्ट्र
सुल्तानिया रोड, मोतिया पार्क, भोपाल 462 001, मध्य प्रदेश

www.vaniprakashan.com
marketing@vaniprakashan.in
sales@vaniprakashan.in

AAO PEPE, GHAR CHALEN!
by Prabha Khetan

ISBN : 978-93-90678-55-6
Novel

प्रथम संस्करण 2021

मूल्य : ₹ 299

एशियन ऑफ़सेट प्रेस, दिल्ली-110 093 में मुद्रित

वाणी प्रकाशन का लोगो मक़बूल फ़िदा हुसेन की कूची से

आओ पेपे घर चलें!

आइलिन! आइलिन! तुम आज इतनी क्यों याद आ रही हो, इतने वर्षों बाद? आज 31 दिसम्बर की रात है। ऐसी ही वह रात थी। हम दोनों नये वर्ष के आगमन की खुशियाँ मना रही थीं।तुम्हारे किचन में तुम्हारे साथ डांस करते हुए उस रात मैं बहुत-बहुत नाराज़ हो रही थी।

भीतर से मन चिड़चिड़ा गया था। हे, भगवान! एक तो लॉस एंजेल्स, विदेश की ज़मीन, मेरी पहली विदेश-यात्रा और फिर मेरी उम्र बाईस साल। ज़िन्दगी में इसके पहले कभी प्लेन का सफ़र भी नहीं किया था। पहली उड़ान और वह भी विश्व-भ्रमण की। साथ में कुल पैंतालीस डॉलर। देश की ज़मीन से बाहर सबसे पहले हांगकांग।

दो दिन मिस्टर नाहटा के यहाँ, जो कभी हमारे पड़ोसी रह चुके थे। शॉपिंग आदि औरताना मसलों से मैं बिल्कुल वाक़िफ नहीं थी। घर-घुस्सी और किताबी कीड़ा। प्रेसीडेंसी कॉलेज के बंगाली दोस्त लड़के-लड़कियाँ, जहाँ वैचारिक बहसें अधिक होती थीं, दूसरी चीज़ों का ज़िक्र कम।

मैं स्टूडेंट एक्सचेंज प्रोग्राम में जा रही थी। यह 1966 का साल था। विदेशी मुद्रा पर बेहद सख़्ती। टोकियो पहुँचते ही पहला समाचार डॉक्टर मोमोसे से मिला कि भारतीय मुद्रा का अवमूल्यन हो गया है। दूसरा प्रश्न उन्होंने मुझसे किया कि इतनी कम उम्र में यूँ अकेले दुनिया देखने की इच्छा, वह भी एक भारतीय लड़की में?

"क्या तुम विदेश में अकेले रह लोगी?"

मेरा उत्तर शायद 'हाँ' था।

डॉक्टर मोमोसे ने मुस्कराकर कहा, ''इस शायद में तो मुझे पूरी अस्मिता नज़र आ रही है, और हाँ, रुपये?''

''रुपये मुझे लॉस एंजेल्स में एक भारतीय दोस्त दे देंगे। मैं उन्हीं के यहाँ रहूँगी।''

फिर लॉस एंजेल्स का शानदार एयरपोर्ट। डॉक्टर चोपड़ा लेने आये। मियाँ-बीवी, दो बच्चे। शाम पाँच बजे थे। गाड़ियों में कौन किससे बड़ी; और कौन किससे तेज़ चल सके, इसकी होड़। घर आकर खाना खाया। उसके बाद एक प्याला कॉफ़ी पर उन्होंने फरमाया कि चूँकि, रुपये का अवमूल्यन हो चुका है, इसलिए वह मेरी थोड़ी भी मदद कर सकने में असमर्थ हैं।

"मुझे क्या करना चाहिए?"

"देखूँ कल यूनिवर्सिटी में पता लगाता हूँ। शायद आपके लिए किसी पार्ट टाइम काम का बन्दोबस्त हो सके। अभी तो आप थकी हुई हैं। आराम कीजिए। सुबह बातें करेंगे।"

मेरी आँखों में नींद कहाँ? आँखें बन्द, पर पलकों से आँसू। कोई रात के ग्यारह बजे थे।

अचानक बगल के कमरे से आवाज़ कानों से टकरायी, ''भई, इस देवी जी को कहीं ठिकाने लगाओ, हम सब कब तक छाती पर बैठाये रखेंगे?''

''हाँ-हाँ, तुम चिन्ता मत करो। कल सुबह कुछ व्यवस्था करूँगा।''

''देखिए जी, डॉलर के भाव बढ़ गये हैं, इसलिए कमिट कुछ मत कर बैठिएगा।''

''तुम चिन्ता मत करो, डियर।''

मैं चौंककर उठ बैठी। देखा बगल में उनके दोनों बच्चे शान्त सोये हुए हैं। एक सन्नाटा-निस्तब्धता। बीच-बीच में पति-पत्नी की अन्तरंग बातचीत के तैरते हुए टुकड़े। धीरे-से उठकर बालकनी में आ खड़ी हुई। चारों ओर बत्तियों की झिलमिलाहट। मैंने आँखें बन्द कर लीं। इन रोशनियों की चमक तो मैं हांगकांग से देखती आ रही हूँ। आँखों के भीतर कलकत्ता की धुएँ-भरी रातें तैर गयीं। घर? घर से बाहर कभी कहीं कुछ पराया नहीं लगा। आज यहाँ इस पराये देश में इतनी अकेली!

भगवान, तुम क्या यहाँ भी हो? फूटती रुलाई को मैंने हथेलियों से दबा लिया। गले में अटकी हुई साँस को बाहर निकलने में कुछ सेकेंड लगे, फिर भीगी आँखों से आकाश में झिलमिलाते नक्षत्रों को देखा। पराया देश। पराया घर। पराया आकाश। रात आँखों में बीती। सुबह पाँच बजे मन ने कहा, 'तुम डॉक्टर ड्यूपॉण्ट को फ़ोन करो।'

फ़ोन किया। मिसेज़ ड्यूपॉण्ट ने उठाया। बड़ा मीठा उत्तर था, "हाँ-हाँ, मैं आ रही हूँ। आधे घण्टे बाद तुम नीचे सड़क पर रहना।"

डॉक्टर चोपड़ा को मैंने यूनिवर्सिटी जाने से मना कर दिया। वे आयीं। गर्म हथेलियों का संवाद अच्छा लगा। चमचमाती हुई सफ़ेद क्राइसलर। मँझोले क़द की वह अमेरिकन महिला। नीली पारदर्शी आँखों में झाँकते ही मुझे अपना घर लगा। उनके होंठों की मुस्कान आत्मीय लगी। बगल में बैठा वे मुझे लिए लॉस एंजेल्स दिखाने लगीं।

"यह देखो, ये रोडेयो ड्राइव है। यहाँ सारे फ़िल्म स्टार शॉपिंग करने आते हैं।"

"हाँ-हाँ।" मेरी आवाज़ में छिपी थरथराहट शायद उनके कानों से टकरा गयी।

उन्होंने पूरा चेहरा मेरी ओर घुमाया। गहरी नज़र से देखा, फिर कहा, "चलो, हम लोग कहीं बैठकर कॉफ़ी पियें। क्या खाओगी?"

"कुछ नहीं, बस, कॉफ़ी।"

"अच्छा, बताओ, तुम इतनी उदास क्यों हो? क्या घर की याद आ रही है?"

मेरी आँखें बरस पड़ीं। उन्होंने धीरे-से मेरी हथेलियों को दबाया और पर्स से टिशू पेपर निकालकर मेरी ओर बढ़ा दिया।

"क्या बात है? मुझे अपना समझो!"

"मेरे पास कुल बीस डॉलर हैं, और..." फिर मेरी हिचकियाँ। वह हँस पड़ीं।

"बीस डॉलर से तो इस देश में बीस मिलियन कमाया जा सकता है। यह बताओ तुम करना क्या चाहती हो?"

"मैं यहाँ ब्यूटी थेरेपी का कोर्स करने आयी थी।"

"तुमको टाइपिंग आती है?"

"हाँ, थोड़ी-थोड़ी।"

"इलेक्ट्रिक?"

"नहीं, साधारण।"

"अच्छा, चलो, क्लीनिक चलते हैं।"

सनसेट बुलेवाड से गाड़ी बायें मुड़ गयी। ह्वेल मछली-सी तैरती हुई गाड़ी। स्पीड का पता ही नहीं चल रहा था। 'ड्यूपॉण्ट मेडिकल ग्रुप' बड़े-बड़े अक्षरों में लिखा था। हम भीतर गये। सफ़ेद कोट पहने डॉक्टर और नर्सें, इधर-उधर सब व्यस्त। रिसेप्शन पर एक बुढ़िया लाल बाल रँगे बैठी थी। वह अपने नाख़ूनों को फ़ाइलर से घिस रही थी। मिसेज़ एलिज़ाबेथ ड्यूपॉण्ट को देखते ही वह ज़रा हड़बड़ायी, फिर कुर्सी से पीठ टिका शान्त भाव से उसने कहा, "हाय, ऐला हाय! यह प्रभा है। भारत से आयी है।"

झुर्रियों से भरा एक चितकबरा हाथ आगे बढ़ा। मैंने दोनों हाथ बढ़ाये। आइलिन ने आगे बढ़कर बायाँ गाल चूम लिया, "प्रेटी गर्ल, है ना मिसेज़ डी.?"

"हाँ-हाँ, आइलिन, प्रभा कुछ देर तुम्हारे पास बैठेगी। मैं आधे घण्टे में आ रही हूँ।"

वे भीतर चली गयीं। अब आइलिन मेरी ओर घूमी। घूमने का उसका एक ख़ास अन्दाज़ था। पूरे चहरे को ज़रा-सा तिरछा करके। क़द पाँच फ़ीट के क़रीब। इकहरा बदन। लाल बालों का बया का घोंसला सर पर। कानों में सोने के बड़े-बड़े कुण्डल। गले में सोने की आठ-दस रकम की छोटी-बड़ी लड़ियाँ। बायीं हथेली की चारों उँगलियों में अगूँठियाँ। दाहिने हाथ में केवल मध्यमा में तीन नग। गले में सुर्ख़-लाल स्कार्फ। झुर्रियों से भरे चेहरे के ऊपर दो दिपदिपाती नीली आँखें, मस्कारा और काजल से भरी हुई। ड्यूपॉण्ट क्लीनिक की सफ़ेद झकमक दीवारों से सटी वह मुझे एक सुर्रियलिज़्म की पेंटिंग लगी। आइलिन को देखकर आखों के सामने ठहरा हुआ कोई आकार पिघलता हुआ लगता। ख़ैर, उस आधे घण्टे में आइलिन बिना रुके बोलती चली गयी। किस रोगी को किस कमरे में किस डॉक्टर के पास भेजना है, किसका कार्ड बनाना है, फ़ोन रिसीव करना है। इसी बीच चार कप कॉफ़ी,

दस बिस्किट, दो विटामिन की गोलियाँ और साथ ही मुझसे बातें। उस आध घण्टे में उसने सब कुछ पूछ डाला।

"मेरी उम्र?"

"बाईस।"

"पढ़ाई?"

"एम.ए., दर्शन।"

"कौन-सा दर्शन?"

"जीवन दर्शन, अस्तित्व के प्रति जिज्ञासा।"

"फुह!"

"क्यों?"

"अरे, अस्तित्व, अस्तित्व तो है ही, उसके बारे में प्रश्न करना, इसकी भी कोई ज़रूरत हुआ करती है?"

"तुम नहीं समझ रहीं।"

"मैं नहीं समझती! अरे, लड़की, मैं नहीं समझती? आइलिन ख़ूब समझती है। बोलो, तुम उदास हो ना, रात-भर सोयी नहीं ना?"

"आइलिन, मैं-मैं..."

"अच्छा, यह बताओ, तुम्हारे हिन्दुस्तान में लोग ऑफ़िस किस पर बैठकर जाते हैं?"

"क्यों? बस से, ट्राम गाड़ी से।"

"हाथी पर नहीं?"

"हाथी पर? हाथी पर बैठकर ऑफ़िस जाना? किसने कहा तुमसे?"

"मैंने कहीं पढ़ा था।" उसने फिर एक और गोली दागी, "अच्छा, वहाँ पलँग पर साँप चले आते हैं ना? काले कोबरे?"

"अरे, वह तो जंगलों में या कभी-कभी गाँवों में। शहर में थोड़े?"

"एक प्याला कॉफ़ी और लोगी?" उसका यह पाँचवाँ प्याला था।

मैंने कहा, "नहीं।"

"मैं एक और लेकर आती हूँ। नींद आ रही है।" वह उठी।

तब तक मिसेज़ डी. बाहर निकल आयीं। बोलीं, "चलो, अन्दर चलो। डॉक्टर डी. पेशेंट से खाली हो गये हैं।"

डॉक्टर डी.छह फ़ीट लम्बे ख़ूबसूरत अमेरिकन। वह हाथों से सफ़ेद दस्ताने उतार रहे थे। वही गर्मजोशी का हाथ, फिर पूछा, ''कलकत्ता में डॉक्टर सराफ़ कैसे हैं? आई कैम्प करते हैं क्या? तुम्हारा सम्बन्ध?''

''अच्छी दोस्त हूँ।''

''तब तुम हमारी भी अच्छी दोस्त हो। एलिजा तुम्हारा पूरा ख़याल रखेगी। ऐला, पेगी कहाँ है?''

''हाँ, दिख नहीं रहा! यहीं तो घूम रहा था।''

''पेगी! पेगी...!'' मिसेज़ डी. ने धीमे गले से पुकारा। पेगी के बदले आयी आइलिन।

''मैंने पेगी को दराज में बन्द कर दिया है।''

''क्यों?'' डॉक्टर डी. ने मुस्कराकर पूछा।

''उसने मेरी गोद में पेशाब कर दिया है।''

''तुम उसे गोद में बैठाती ही क्यों हो?''

तब तक मिसेज़ डी. पेगी को गोद में लिए अन्दर चली आयीं। एक बालिश्त का खिलौने जैसा कुत्ता उनकी कोट की जेब से झूल रहा था।

''अच्छा, आइलिन, तुम अब अपनी टेबल पर जाओ; और सुनो प्रभा से कुछ काम करवाकर देखो कि इसे कहाँ फिट किया जा सकता है। हम पाँच डॉलर घण्टा देंगे।''

''प्रभा से ! यह कुछ नहीं जानती। इसको कोई काम नहीं आता।''

''यह टाइप कर सकती है?''

''टाइप, और यह? अरे, इसके छोटे मुलायम हाथ तो देखो! मैंने कहा न, यह बिल्कुल बेकार की लड़की है?''

''आइलिन, तुम इतनी रूड क्यों हो जाती हो?''

तब तक मेरी आँखें छलछला उठी थीं। आइलिन ने एक आँख मारी और आगे बढ़कर मुझे अपने कन्धों पर झुका लिया।

''मेरा यह मक़सद नहीं था। तुम्हें काम दिखाती हूँ।''

इसके बाद एक घण्टा आइलिन मेरा इंटरव्यू लेती रही। टाइप मैं नहीं कर सकी। कार्ड अरेंज करना, वह भी ठीक से नहीं हुआ। नर्सिंग! मुझे ख़ून देखकर मितली आने लगी।

"बेसमेंट को ठीक करो।"

भारी सामान मुझसे नहीं उठे। यदि कुछ कर भी पाती, तो आइलिन की बक-बक के सामने वह भी मुश्किल था। कलकत्ता में घर पर दस नौकर। बड़े घर की लड़की। ज़िन्दगी में काम कभी किया नहीं।

अन्त में घण्टे-भर बाद आइलिन ने मुझे गैराज में बैठाया। उसने ज़मीन पर एक कुशन बिछाकर कहा, "सब पेशेंट के रिकॉर्ड अलग-अलग करो। सन् 1950 से 1965 तक।"

तीन घण्टे तक बेसमेंट में अकेले सीलन-भरी ठण्ड में काँपती हुई मैं कार्ड्स अलग करती रही। शाम के छह बज चुके थे। आँखें ख़ूबसूरत चमकते हुए पाँवों पर पड़ीं। पलकें कुछ और खुलीं, तो मिसेज़ डी. का मुस्कराता हुआ चेहरा सामने था।

"चलो, भीतर चलते हैं।"

आइलिन के सामने से गुज़रते हुए मैंने देखा, बुढ़िया के चेहरे पर एक तृप्त मुस्कान थी।

"चुड़ैल कहीं की!" मैं होंठों में बुदबुदायी।

वह एक छलाँग में उठी। उसने पीछे से आकर मेरा कन्धा पकड़कर घुमाया और दबी हुई कड़ी आवाज़ में कहा, "ए लड़की! तूने मुझे गाली दी।"

"नहीं तो।"

"झूठ मत बोल, लड़की!"

तब तक हम दोनों के बीच मिसेज़ डी. थीं। आइलिन से उन्होंने अपनी भाषा में कुछ कहा, "बच्ची है, परेशान है, कुछ तो रहम करो?"

आइलिन ने मेरे बायें गाल को चूमकर कहा, "चलो, माफ़ कर दिया"

मैं कुछ बोलूँ इसके पहले मिसेज़ डी. मुझे हाथ पकड़कर अपने ऑफ़िस में घुसा चुकी थीं। कुर्सी पर बैठते ही उन्होंने कहा, "सुनो, तुम्हारे ब्यूटी थेरेपी कोर्स के लिए मैंने बेवर्ली हिल हेल्थ क्लब में व्यवस्था कर दी है। वहाँ हॉलीवुड के स्टार्स आते हैं। यहाँ ऑफ़िस का तुम कोई काम नहीं जानतीं। मेरे गर्मी के कपड़े, जूते, सभी कुछ मरील फिर से अलमारियों में रखेगी। वह वार्डरोब मैनेजर है। तुम उसके नीचे पाँच डॉलर प्रति घण्टा पर काम करोगी। तुमको सिलाई और बटन आदि लगाना आता है?"

"जी, यह तो दो-चार दिन का काम होगा?"

"नहीं पूरे मौसम का वार्डरोब मैनेज करने में उसे तीन महीने लगेंगे। तब तक तुम ख़ुद ही समझ जाओगी कि वार्डरोब मैनेजमेंट किसे कहते हैं।"

"और रहना?"

"हाँ, तुम आइलिन के घर रहोगी।"

"आइलिन?"

"हाँ-हाँ, घबराओ नहीं! वह जितना कड़वा बोलती है, उतना ही मीठा उसका दिल है।"

हम दोनों बाहर निकलीं। आइलिन की गाड़ी पुरानी फ़ोर्ड थी, सुर्ख़ लाल रंग की।

"मुझे लाल रंग पसन्द है। सब कुछ लाल। आदमी के शरीर में बहता हुआ लाल ख़ून, यीशू के कलेजे से निकलता लाल-लाल, चारों ओर लाल। वह देखो, पश्चिम का आकाश? यहाँ की शाम बहुत लाल हुआ करती है, सुर्ख़ गुलाबों-सी महकती हुई।"

उसका भाषण चलता रहा। मैं केवल सोच रही थी। हे भगवान! क्या करूँ? इधर कुआँ... उधर खाई। डॉक्टर चोपड़ा के घर रहना मुश्किल था। पिछली रात की बातें याद करके अपमान और लज्जा से मेरा सर्वांग जल उठा, और बगल में बैठी यह विदेशिन, सत्तर साल की वृद्धा, अर्द्धपागल। एक ठण्डी साँस अनचाहे निकल गयी। आइलिन लाल रंग के वर्णन से हटकर मेरी साँसों पर आ गयी।

"देखो, मेरी प्यारी, मेरी नन्ही चिड़िया! ज़िन्दगी को इतनी गम्भीरता से मत लो। यीशू क्रॉस का बोझ रखता है ना, तब कन्धे भी मज़बूत करता है। अच्छा, यह बताओ, तुम्हारे देवता का क्या नाम है?"

"राम, कृष्ण, विष्णु, दुर्गा..."

"रुको-रुको, वेगन-बहुमूर्तिपूजक हो? कितने देव-देवियाँ हैं तुम्हारे धर्म मैं?"

"सैकड़ों।"

"तुमने चुनाव किस आधार पर किया?"

"मेरी माँ ने हमारे कुलदेवता श्रीराम और हनुमान की पूजा करने के लिए कहा है। यह देखो, मेरी सोने की चेन में हनुमान की मूर्ति लगी हुई है।"

मैंने चेन निकालकर उसके हाथ में दे दी। लॉकेट पर हनुमान जी का चित्र बना हुआ था। देखते ही वह हो-हो कर हँसने लगी। वह हँसती जाये, रुके ही नहीं। मैं बौखला उठी, "इतने हँसने की क्या बात है?"

"तो तुम्हारा भगवान आदमी नहीं, बन्दर है।"

"बन्दर! आइलिन, बकवास मत करो!"

कल रात हनुमान चालीसा मन-ही-मन दोहराते हुए ही तो आस की लकीर दिखी थी। यह मुझे रखे-न-रखे, पर मेरे हनुमान जी पर यह आरोप!

"बेहूदी कहीं की!"

"तुमने मुझे फिर गाली दी।"

"हाँ।"

"अच्छा किया। मैंने काम ही ग़लत किया था, पर क्या करूँ? भगवान बन्दर कैसे हो सकते हैं?"

उसने फिर हँसना शुरू कर दिया। साथ ही गाड़ी की स्पीड अचानक अस्सी से सौ। पहले चौड़ी सड़क की बायीं ओर से चल रही थी। अब तेज़ रफ़्तार से दौड़ती हुई दाहिनी ओर।

"अच्छा, ज़रा डॉक्टर चोपड़ा का पता निकालना। यही न? यहाँ से दाहिने मुड़ना होगा?"

मैं चुप सोच रही थी, "हे मेरे राम! इस पागल के साथ कैसे गुज़ारा होगा?"

"नम्बर सैंतीस देखो तो, यही है न?"

"हा-हाँ।"

"चलो, उतरो!"

मेरे साथ वह भी उतरी। गेट पर डॉक्टर चोपड़ा मिले। पीछे कमला जी थीं।

मैं कुछ बोलूँ इसके पहले आइलिन शुरू हो गयी, "प्रभा अब डॉक्टर ड्यूपॉण्ट के संरक्षण में रहेगी। हम लोग सँभाल लेंगे। डॉलर भी दे देंगे। इसका सामान कहाँ है?"

डॉक्टर चोपड़ा कुछ बोलें, इसके पहले वह भीतर थी और जब तक मैं कुछ स्थिति का बयान करूँ, वह बक्सा उठाये बाहर आ खड़ी हुई।

"अच्छा हम लोग चलें। मैं थकी हुई हूँ। अभी आधे घण्टे की ड्राइव बाक़ी है। बाई-बाई! यह रहा हमारा फ़ोन नम्बर।" दाहिने हाथ में मेरा बक्सा, बायें हाथ से गाड़ी का गेट खोलकर उसने आज्ञा दी, "भीतर बैठो!" अजीब मोहिनी है। मेरी बोलती जैसे बन्द हो गयी थी। यन्त्रचालित-से दोनों हाथों ने डॉक्टर चोपड़ा को नमस्ते किया और गाड़ी दाहिने घूम चुकी थी।

"बास्टर्ड इंडियन! यह भी नहीं सोचा कि इतनी दूर से आयी हुई अकेली लड़की के दिल पर क्या गुज़री होगी। पैसा-पैसा! तुम्हारे देश में भी शाइलॉक होते हैं?"

मुझे हँसी आ गयी। मैं कमज़ोर थी। मेरा बदला उसने ले लिया। मुझे हँसते देखा, आइलिन खिल उठी, "अब हम लोग दोस्त हुईं न? मुझे गाली नहीं दोगी न?"

"नहीं, आइलिन, कभी नहीं।"

"नहीं, वह तो तुम दोगी ही। मैं बीच-बीच में काम ही ऐसा करती हूँ कि लोग गाली देने पर मजबूर हो जाते हैं।"

"नहीं, आइलिन, मैं तुम्हें समझने की चेष्टा करूँगी।"

"चेष्टा ही करती रहोगी। समझ नहीं पाओगी, बहुत छोटी हो।"

वह कुछ सोचने लगी। शाम की भीगी हवा और यह ख़ामोशी। मेरी आँखें नींद से बोझिल होने लगीं। शायद मैं सो गयी थी।

"उतरो, हम घर आ गये।"

मैंने हड़बड़ाकर देखा। गाड़ी एक छोटे-से बँगले के सामने थी। हम उतरे। आइलिन के हाथ में दुनिया-भर के पैकेट थे। मेरे हाथों में बक्सा। उसने चाबी घुमायी। गेट खोला और अब कयामत की बारी मेरी थी।

"हाय, मेरी माँ!"

मैं दहशत से चीख़ उठी। एक कद्दावर एलसेशियन कुत्ता सामने दोनों पंजे मेरे कन्धे पर रखे जीभ लपलपा रहा था। दो और छोटे पिल्ले पैरों को सूँघ रहे थे। एक स्पैनियल सामने खाने की मेज़ पर बैठा था।

"आ... इ... आइलिन!"

"डरो नहीं; पेपे तुम्हारा स्वागत कर रहा है। ज़्यादा चीखोगी तो काट लेगा।"

मेरी तो घिग्घी बँध गयी। लगा, चक्कर खाकर गिर पड़ूँगी।

"पेपे, अन्दर जाओ! कार्ला! जिमी! चलो-चलो, सब अन्दर चलो! हमारे नये मेहमान को शान्त होने दो।"

पेपे मेरे कन्धे छोड़कर उतर तो गया, पर न उसको मैं पसन्द आयी और न वह मुझे। कुत्ता! कलकत्ते के चिड़ियाघर में तो मैंने इतना बड़ा शेर देखा है। मैं वहीं दहलीज़ पर बैठ गयी।

"आइलिन, मैं कुत्तों के बीच नहीं रह सकती।"

"अच्छा रुको! मैं इन सबको पीछे गैराज में बन्द करके आती हूँ।"

कुत्तों का भौंकना जारी था, पर अब वे गैराज में बन्द थे। नये मेहमान के लिए आइलिन ने ऊपर का कमरा खोला।

"यह कमरा रोज़र का है। रोज़र, मेरा प्रेमी।"

"कहाँ है वह?"

"आजकल शिकागो में है। बहुत व्यस्त रहता है। फुर्सत मिलते ही आयेगा।"

"तुमने शादी क्यों नहीं की?"

"रोज़र मुझसे दस साल छोटा है और शादीशुदा है। उसकी बीवी तलाक़ नहीं दे रही। क्या करे बेचारा?"

"कितने सालों से?"

"यही पिछले चार सालों से।"

मेरी फैलती हुई आँखों को देखकर उसने कहा, "क्यों सत्तर वर्ष की उम्र में औरत प्यार नहीं कर सकती?"

"हमारे देश में तो नहीं।"

"वहाँ क्या करती है?"

"अपने बेटों, पोतों की देख-रेख और प्रभु का भजन।"

"और मौत की प्रतीक्षा?"

"मरना तो सभी को है। इसके लिए इतनी दहशत क्यों?"

"उसे क्यों न दहशत खाये जो जीना चाहता हो, हँसता-खेलता दुनिया से जाना चाहे। रोज़र मेरा पाँचवाँ प्रेमी है। कुल मिलाकर मेरे जीवन में दो पति और पाँच प्रेमी।"

अब हँसने की बारी मेरी थी, "बहुत ख़ूब, इस उम्र में इतनी हवस?"

"तुम रोमांस को हवस मत कहो। ऐ लड़की! यह बता, तूने कितने प्रेम किये हैं?"

"फिलहाल तो एक ही व्यक्ति है।"

"हूँ, तभी तू बार-बार उदास हो जाती है। अच्छा, कल तेरा परिचय डॉक्टर डी. के असिस्टेंट से करवा दूँगी। वह डॉक्टर कैरियरपा..."

"कैरियरपा नहीं, करिअप्पा। अच्छा आइलिन, तुम मेरी चिन्ता छोड़ दो।"

"नहीं-नहीं, मुझे अपनी नन्ही दोस्त का ख़याल रखना होगा।"

आइलिन की बक-बक जारी थी। साथ ही उसके हाथ तेज़ी से काम भी करते जा रहे थे। पहले सलाद काटा गया, फिर आलू-गोभी को मक्खन में सिझाया। अब चावल पका रही थी।

"प्रभा, ज़रा फ्रिज से चिकन तो निकालो।"

"मैं वेजिटेरियन हूँ।"

"मैं तो नहीं हूँ? अच्छा, दूध की बोतल निकालो!"

खाना क़रीब-क़रीब बन चुका था। आइलिन की बक-बक जारी थी। बीच-बीच में कुत्तों की भौं-भौं। मेरी पलकें बहुत चेष्टा करने पर भी खुली नहीं रहीं। अचानक लगा, जैसे हाथ पर कुछ रेंग रहा है। मैंने चौंककर आँखें खोलीं।

"ओ माँ, पेपे, आइलिन! आइलिन।"

"क्या है? मैं डिनर के लिए तैयार हो रही हूँ।"

"आइलिन!"

मैं रुआँसी हो गयी। तब तक पेपे की हिम्मत और बढ़ चुकी थी। वह मेरे कन्धे पर उचक आया था। मैंने ज़ोरों से गला फाड़कर रोना शुरू कर दिया। खुले बटन आइलिन दौड़ती हुई आयी।

“पेपे! मेरे बच्चे! यह लड़की इतनी जल्दी दोस्त नहीं बनेगी। चलो-चलो, अपने कमरे में चलो!”

मैं पसीना-पसीना थी।

“आइलिन? मैं तुम्हारे किचन में नहीं आऊँगी। यहाँ या तो पेपे आयेगा या मैं।”

“तुम दोनों मेरे बच्चे हो। इतना लड़ोगे तो कैसे चलेगा, डियर, मेरी हनी, पेपे तुमसे दोस्ती करना चाहता है। वह काटेगा नहीं। जीसू की क़सम, आज तक बेचारे पेपे ने किसी को ज़ख़्मी नहीं किया।”

“यानी काटने की कोशिश की।”

“अरे, इसके दाँत कहाँ हैं?”

हम दोनों के बीच खड़ा वह ढाई हाथ ऊँचा कुत्ता जीभ बाहर करके कान पसारे सारी बातें सुन रहा था। अब तक उसके दोनों साथी कार्ला और जिमी भी आ गये थे। एक मेरे पैरों को सूँघ रहा था।

“मैं ऊपर जा रही हूँ। मुझे भूख नहीं है।”

“ठीक है, जाओ, यदि तुमको पेपे नहीं अच्छा लगता, तो तुम ऊपर अपने कमरे में रहो। मैं तुम्हारा खाना ऊपर लेकर आती हूँ।” मैं खट-खट सीढ़ियाँ चढ़ रही थी। चौके से आइलिन की आवाज़ आयी, “हे जीसू! इस लड़की को सद्बुद्धि दे। यह आदमी में जानवर और जानवर में आदमी को देखना सीखे!”

मैंने क़रीब-क़रीब चीखते हुए कहा, “इसके लिए जीसू को क्यों तकलीफ़ दे रही हो?” बोलती हुई मैं पलँग पर जा लेटी। माथे पर पसीने की बूँदें थीं। दिल अब भी ज़ोरों से धक-धक कर रहा था। आँखों में आँसू आ गये। शायद रात-रोते मैं सो गयी थी। आँखें खुलीं, तो हाथ की घड़ी में देखा, रात के तीन बज रहे थे। सामने मेज़ पर खाना ढका हुआ रखा था। दबे पाँव मैं उठी। कमरे की बत्तियाँ जलायीं और खाना खाने बैठ गयी। सलाद, आलू-मटर की सब्ज़ी और ब्रेड। एक बड़ा-सा टुकड़ा केक का। साथ ही आइलिन का नोट था, “खाना खाकर प्लेट सिंक में रख देना। पेपे रात को कभी परेशान नहीं करता, अतः डरने की ज़रूरत नहीं है।”

मैंने सोचा, सिंक कौन जाये, बाबा? सुबह रख आऊँगी। कब वह कमबख़्त पेपे चला आयेगा!

मैंने सोने की कोशिश की, पर नींद पूरी हो गयी थी। सोचा, पत्र ही लिख डालो।

सुबह पाँच बजे मैं बर्तन लेकर नीचे उतरी। देखा आइलिन किचिन में चाय बना रही है। मेरी ओर देखकर बड़े प्यार से मुस्करायी।

''नींद अच्छी आयी ना? और मेरा बनाया हुआ खाना कैसा लगा?''

''बहुत अच्छा।''

''अच्छा, तुम अब जल्दी से तैयार हो जाओ। ठीक सात बजे हमें रोज़ निकलना होगा। पहले तुम्हें मिसेज़ डी. के घर पर उतारना है, फिर मैं क्लीनिक चली जाऊँगी।''

उसने चाय का कप और दो बिस्किट मेरी ओर बढ़ाये। टी. वी. चल रहा था। आइलिन की नज़र अचानक सिंक में रखे जूठे बर्तनों पर गयी। आधा टुकड़ा टमाटर पड़ा हुआ था।

''ए लड़की! तुमने जूठा क्यों छोड़ा?''

''मुझे टमाटर अच्छे नहीं लगते।''

''इसका यह मतलब तो नहीं कि तुम जूठा छोड़ो? पता है, दुनिया में कितने लोग भुखमरी से मरते हैं और ख़ुद तुम्हारे हिन्दुस्तान में?...''

''आइलिन, मैंने कोई रोटी थोड़े ही छोड़ी हैं? टमाटर ही का...''

''टमाटर के पैसे नहीं लगते क्या? चलो, उठाओ इस टुकड़े को, या तो अभी खा लो या फिर शाम को।''

''ओह! तुम बहुत कठोर हो। अच्छा प्रॉमिस, आगे से जूठा नहीं छोड़ूँगी।''

''नहीं, तुमको यह टमाटर खाना होगा।''

''मैं जूठन में पड़ी हुई चीज़ उठाकर नहीं खा सकती।'' कहते-कहते मैंने मन में सोचा, अजीब पागल है। क्या फ़ायदा मुँह लगने से?

आइलिन ने टमाटर की आधी कटी फाँक उठायी और फ्रिज खोलकर रख दी। मैं तैयार होने ऊपर कमरे में चली गयी।

कुछ समय बाद नीचे से आइलिन के कुत्ते का भौं-भौं और गुर्राना शुरू हो गया। आइलिन का संवाद, ''खा ले, मेरे पेपे। आज यह खा ले। कल तेरे लिए दूसरी नयी चीज़ लाऊँगी। ऐसे मुँह नहीं घुमाते। देखो, जिमी, का़र्ला, टॉमी सबने ब्रेकफास्ट कर लिया।''

फिर कुत्तों की गुरगुर।

"क्यों नहीं खा रहा? क्या तू प्रभा से नाराज़ है? उसने तुझसे बात नहीं की ना?"

फिर कुत्तों की भौं-भौं।

"अच्छा मैं प्रभा को डाटूँगी। तू भूखा मत रह, ले खा ले!"

मैंने ऊपर सीढ़ियों से झाँककर देखा। पेपे राम जी आइलिन की बगल वाली कुर्सी पर बैठे थे, मुँह ऊपर उठाये हुए। सामने कटोरे में दूध और सीरियल। आइलिन बार-बार चम्मच उसके मुँह के पास ले जा रही थी।

"हुँह! बिल्कुल पागल है। कमबख़्त कुत्ता न हुआ, इसका बेटा हो गया।"

मैं वापस कमरे में। दस मिनट बाद आइलिन की आवाज़ आयी, "प्रभा डार्लिंग! नीचे आओ!"

मैं दबे पाँव उठी। सीढ़ियों से झाँककर पूछा, "तुम्हारा पेपे कहाँ है?"

"वह मेरे बिस्तर में सो रहा है। तुम नीचे आओ। हमें चलना है।"

हम लोग गाड़ी में बैठे। बाक़ी पिल्लों ने भौं-भौं किया। पेपे बाहर नहीं आया। आइलिन ने अस्सी की स्पीड से गाड़ी शुरू की। बायें हाथ से टेप चलाया।

"तुम अमेरिकन म्यूज़िक समझती हो?"

"थोड़ा-थोड़ा..."

गाड़ी चलाते-चलाते उसने कभी दायें, तो कभी बायें हाथ से अपने बाल सँवारे, क्लिप लगाया, गालों पर क्रीम-पफ़ फेरा, फिर लिपस्टिक फैलायी। अब गाड़ी की स्पीड एक सौ थी। मेरा जी मिचलाने लगा। मैंने कहा, "आइलिन गाड़ी धीरे नहीं चला सकतीं?"

"यह लॉस एंजेल्स है, न्यूयॉर्क नहीं। आँखें बन्द कर लो।" अब वह अपने गहने पहन रही थी।

मैंने कहा, "मगर आइलिन, तुम पूरा ध्यान फिर गाड़ी पर रखो!"

"अरे, मरना तो है ना? वह तो मर ही जायेंगे। उसके लिए गाड़ी के एक्सीड़ेंट की क्या ज़रूरत है?"

"तुमसे कोई जीत सकता है भला?"

“कोई नहीं। डॉक्टर भी नहीं। मेरी जैसी सेक्रेटरी उन्हें मिलेगी कहाँ?”

“क्या ऐसी ख़ासियत है तुममें?”

“तुम नहीं समझोगी। डॉक्टर डी. का मुझसे रोमांस नहीं हो सकता और दूसरी यदि कोई उनकी ओर ज़्यादा बढ़े, तो उसकी ख़बर मैं पहले ही मिसेज़ डी. को पहुँचा देती हूँ।”

“बड़ा अच्छा करती हो।”

“ये सारी बातें आइलिन गाड़ी में बता चुकी थी।”

मैं बाहर नीला आकाश, चारों ओर फैले छोटे-छोटे हरे पहाड़ी टीले, ख़ूबसूरत मकानों की क़तार, साफ़ चौड़ी सड़कों पर फिसलती हुई रंग-बिरंगी गाड़ियाँ देखने लगी, ख़ैर।

“चलो, उतरो! हम लोग मिसेज़ डी. के घर के सामने हैं।”

मिसेज़ डी. का काँच-घर। हाय! इतना ख़ूबसूरत ड्राइंग रूम, डाइनिंग रूम, सटा हुआ बड़ा-सा किचिन, ऊपर बड़ा-सा बेडरूम, दोनों किनारों पर मियाँ-बीवी के अलग-अलग बाथरूम। ड्रेसिंग रूम, डॉक्टर डी. का छोटा, मिसेज़ डी. का अच्छा-ख़ासा कमरा। पूरे बँगले का पिछला हिस्सा पारदर्शी काँच का, बड़ा-सा स्वीमिंग पूल, टेनिस कोर्ट तथा पहाड़ी की सीढ़ी की तरह काट-काटकर तराशी गयी फूलों की क्यारियाँ। उनके बच्चे नहीं हुए। बच्चों का उनको शौक़ भी नहीं। हर साल क्रिसमस पर कमाई का दसवाँ हिस्सा चर्च में; यूँ मियाँ-बीवी कभी स्वयं चर्च नहीं जाते थे। मिसेज़ डी. गेट पर ही मिलीं। आइलिन ने व्यस्त होकर कहा, “अच्छा, मैं जा रही हूँ।”

“हाँ-हाँ।”

“आओ प्रभा, तुम्हें अपना घर दिखाऊँ। डॉक्टर डी. तो सुबह छह बजे निकल जाते हैं। ऑपरेशन करने मैं आठ तक निकल जाती हूँ।”

मैं मन्त्रमुग्ध-सी चल रही थी। किचिन में जाकर हम लोग बैठे ही थे कि गेट की घण्टी बजी, “मरील आ गयी,” उठते हुए मिसेज़ डी. ने कहा, “मरील! यह प्रभा है। इससे काम लेना तुम्हारे ज़िम्मे।”

“प्रभा? मरील तुम्हें एक बजे ‘बेवर्ली हिल हेल्थ क्लब’ ले जायेगी। तुम्हारी फ़ीस मैंने भर दी है। वहाँ पाँच बजे आइलिन आकर तुम्हें ले जायेगी। फ़िलहाल तुम्हारा यही रुटीन रहेगा। कोई विशेष परेशानी हो तो

तुम मुझे फ़ोन कर लेना अन्यथा इन लोगों के साथ एडजस्ट करने की चेष्टा करना, ओ. के.।

मिसेज़ डी. के 'ओके' में छिपा हुआ आदेश। मेरी जीभ तालू से सट गयी।

''अच्छा, चलूँ। शनिवार को तुम्हें बाहर डिनर पर लेकर चलूँगी।''

दरवाज़ा बन्द हुआ। मरील ने मुझे देखा, मैंने मरील को। मरील मेरी बॉस थी और मैं उसकी असिस्टेंट। मुझे वह बहुत अच्छी लगी। उसको मैं छोटी बहन की तरह लगी। वह इतनी हँसोड़, इतनी ज़िन्दादिल कि रोते को हँसा दे, और एक यह बुढ़िया खूसट आइलिन और उसका वह पेपे! मुँह कड़वा हो गया, फिर संस्कारी मन ने कहा, 'प्रभा, तुम उसकी मेहमान हो। उसको समझने की चेष्टा करो।'

मरील ने हाथ पकड़कर कहा, ''चलो, ऊपर चलते हैं। अच्छा ऐसा करें, हम लोग पहले कुछ खा लें।''

उसने फ्रिज खोला। फल और ब्रेड निकाले। मक्खन और जैम। कॉफ़ी की केटली का स्विच ऑन किया और सैंडविच बनाने बैठ गयी।

''कच्ची सैंडविच खाओगी या सेंक कर?''

''जैसा तुम खाना चाहो।''

''मैं तो अपने लिए 'हॉट-डॉग' गरम करूँगी, या सलामी। तुम वेजीटेरियन हो ना,''

''तुम्हें कैसे पता चला?''

''मिसेज डी. से; और जानती हो? कल रात साढ़े दस बजे आइलिन ने मिसेज़ डी. को फ़ोन किया। कहने लगी, 'अजीब लड़की है। दूध नहीं पीना चाहती, चीज़ नहीं खाती, बिना प्रोटीन के यह जीये कैसे?' मिसेज़ डी. ने कहा, 'अच्छा, यह चिन्ता तुम मरील पर छोड़ दो।' तो अब दिन में तुम्हें प्रोटीन खिलाने का ज़िम्मा मेरा और रात को आइलिन तुम्हें अनाज खिलायेगी।''

''उसने रात को फ़ोन किया मिसेज़ डी. को?''

''अरे-अरे, चिन्ता मत करो, आइलिन को फ़ोन करने का बहाना चाहिए। इन दिनों उसके पास सबसे बड़ा बहाना तुम रहोगी। अच्छा चलो, अब ऊपर चलते हैं, काफ़ी काम करना है।''

मरील मुझे बहुत भा गयी और उसके काम करने का सुघड़ तरीक़ा! उसकी उम्र चालीस की थी, यह तो मुझे बाद में पता चला। वरना क्या संगमरमरी तराश लिया हुआ शरीर! लगती नहीं थी कि दो बच्चों की माँ है।

पति के बारे में पूछने पर बोली, "भाग गया साला, किसी बीस बरस की लड़की को लेकर। कोर्ट का दरवाज़ा खटखटाने पर आजकल हज़ार डॉलर महीने का भेजता है, बास्टर्ड।"

मरील के मुँह से गालियाँ फूलों की तरह झरा करतीं। एक दिन टोकने पर बिगड़ गयी, "ज़िन्दगी जब तुम्हें ठगेगी और बार-बार ठगेगी, तब तुम क्या करोगी? गाली नहीं बकोगी? अभी बहुत छोटी हो, औरत के सीने में दर्द का कौन-सा लावा खौलता रहता है, यह आज तुम क्या जानो!"

"ऐसी बात नहीं है, मरील। साढ़े नौ की उम्र में अचानक मेरे पिताजी चल बसे। सात भाई-बहनों में आख़िरी सन्तान मैं। यूँ भी पाँचवीं बेटी के जन्म पर कौन-सा जश्न मनाया जाता है हमारे समाज में? और फिर मैंने शादी नहीं की, माँ से लड़-झगड़कर विदेश चली आयी हूँ। तुम क्या सोचती हो कि मुझे केवल सुख ही सुख मिला है?"

कहते-कहते मेरा गला भर आया। मरील ने 'सॉरी, वेरी-वेरी सॉरी' कहते हुए मेरा माथा चूम लिया, लेकिन वह चुप कब होने वाली थी!

"यदि लकीर से हटी तो यह दर्द की पहली कड़ी है। दुनिया को झेलने के लिए लौह का कवच पहनना होगा।"

"पहन लूँगी।" मेरी आवाज़ तुर्श थी।

"पहनने के बाद भी रोओगी। और सुनो, जब बहुत दिल दुखे ना, तब अपनी इस दोस्त की एक सलाह हमेशा याद रखना। कोई भी दर्द इतना बड़ा नहीं होता कि औरत अपने आँसुओं का ख़ज़ाना खाली कर दे। भविष्य में रो सको, इसलिए आँसुओं को दबाये रखना।"

"लेक्चर के लिए धन्यवाद।"

"लेक्चर नहीं, मैं अनुभव से कह रही हूँ। अच्छा, चलो ऊपर।"

ऊपर मिसेज़ डी. का ड्रेसिंग रूम। क़तार-दर-क़तार हैंगरों में कपड़े झूल रहे थे। अब तो दुनिया बहुत देख ली मैंने। लोगों का भोग-ऐश्वर्य, सभी कुछ देखा, मगर माँ ने जिस सादगी से बड़ा किया था और बाद में प्रेसीडेंसी

कॉलेज का माहौल। कुल मिलाकर यूँ कहिए, मैं प्यूरीटन ज़्यादा थी। आज तो जैकी कैनेडी के कपड़ों का शौक़ और मिसेज़ मारकोस के ढाई हज़ार जूतों की ख़बरें अख़बार में पढ़ी हैं मैंने। पर वह 1966 का साल था। अमेरिका ऐश्वर्य की चरम सीमा पर था। मिसेज़ डी. के पिता टेक्सास के कोई बेहद धनाढ्य व्यक्ति थे। डॉक्टर डी. की कमाई कम नहीं थी। बच्चे थे नहीं। अतः वार्डरोब का बजट साल में पचास लाख रुपये था। गहनों का ख़र्च मरील को भी मालूम नहीं था। मरील उनका वार्डरोब मैनेज करती थी। वह ग्रेटा गारबो का, हॉलीवुड की और दो-तीन फ़िल्म स्टार्स का तथा एक किसी मिस क्लारा ब्राउन का वार्डरोब भी मैनेज करती थी। क्लारा ब्राउन तलाकशुदा थी। कभी न्यूयॉर्क रहती थी। पिता बोस्टन के पुराने रईसों में थे। अंग्रेज़ पिता और फ्रेंच माँ से जन्मी क्लारा सच में बेहद सुन्दर। पति से पटने का सवाल ही नहीं उठता, क्योंकि क्लारा का गुस्सा नाक पर। उसे पति नहीं, ख़िदमतगार की ज़रूरत थी। तलाक़ के बाद लॉस एंजेल्स आ गयी। पचास कमरों का मकान। क्लारा ब्राउन की पार्टी पूरे हॉलीवुड में मशहूर थी। जिसे कोई नहीं मिलता, वह बहाना बनाकर शहर से बाहर चला जाता। हाँ, क्लारा को हिस्टीरिया के दौरे ज़रूर पड़ते। उन दिनों वह या तो अपने डॉक्टर दोस्त डी. से मिलती या फिर मरील से।

मरील बातें करती जाती थी और उसके हाथ मशीन की तरह काम में लगे रहते। यह एक बड़ी ख़ास बात मैं यहाँ की औरतों में देख रही थी। वह चाहे आइलिन हो या मरील, यहाँ तक कि मिसेज़ डी. भी अपवाद नहीं। एक साथ वे लोग दोनों काम कैसे कर लेती हैं? मेरा मुँह खुलता तो हाथ रुक जाते; और हाथ चलते तो मुँह बन्द हो जाता। मरील कपड़ों को छाँटती जा रही थी। एक ओर स्वेटर्स का ढेर लगा था, तो दूसरी ओर स्कर्ट, ब्लाउज़, न जाने कितने! एक कोने में स्कार्फ। ये सारे गरम कपड़े थे, जिन्हें अगले मौसम के लिए धुलवाकर ठीक करके पैक करना था। बसन्त और गर्मी के कपड़े अलग निकालने थे। घड़ी ने 'टन' से एक घण्टा बजाया।

''अरे, साढ़े बारह बज गये! चलो, जल्दी चलो नीचे। तुम्हें लंच कराके 'बेवर्ली हिल हेल्थ क्लब' ड्राप करना है। आज बातों में बहुत वक़्त निकल गया।''

मरील ने फ्रिज से एक डब्बा नमकीन छेना निकाला, जिसे वहाँ 'कॉटेज चीज़' बोलते हैं। साथ में खीरा, ककड़ी, तरबूज। उसने अपने लिए 'कोल स्लाव सलाद' बनाया।

मैंने कहा, "मरील, इतनी चीज़ें मेरे से नहीं खायी जायेंगी।"

"चुपचाप खा लो। यह रहा तुम्हारे लिए स्ट्राबेरी का मिल्क शेक।"

मरील के आदेश में एक लौह सख़्ती थी। उसके व्यक्तित्व के कसाव की माफ़िक़। क़रीब बारह चालीस पर हम लोग निकले। एक बजे हेल्थ क्लब के गेट पर मुझे छोड़कर उसने पर्स से जल्दी-जल्दी एक कार्ड निकाला। कहा, "ऊपर दो तल्ले पर जाकर इनसे मिल लो, और हाँ शाम को छह बजे आइलिन आकर ले जायेगी।"

मैं घूमकर धन्यवाद दूँ, इसके पहले उसकी दौड़ती हुई नेवी ब्लू फोर्ड का पिछला हिस्सा धूप में चमक रहा था।

सीढ़ियाँ चढ़ते समय मुझे अपनी दरिद्रता समझ में आयीं। कुछ भी नहीं मेरे पास। ज़िन्दगी में इतनी ग़रीब अपने को मैंने कभी नहीं समझा। क्या वैभव आने-जानेवालियों का? अँगूठियों के चमकते नगीने, गले में मोटी-मोटी सोने की लड़ें। कुल मिलाकर एक अजीब माहौल, जिसके परिप्रेक्ष्य में मैं टाट का पैबन्द लग रही थी।

दो तल्ले के अन्दर घुसते ही सामने रिसेप्शन पर एक भीमकाय महिला थी। लड़कों जैसे कटे हुए बाल, नाक पर चश्मा, दो कानों पर दो फ़ोन, क़लम से जल्दी-जल्दी कुछ लिख रही थी। साथ ही आती-जाती हर महिला को बायें हाथ की अपनी गुदाज हथेलियों से 'बाय, सी यू, गो दिस वे, हरी...' जैसे संकेत। मुझे देखकर उसकी आँखों और सिकुड़े नथुनों ने भारतीय मसाले की गन्ध सूँघी। ऊपर से नीचे तक आँखों से देखा, फिर टेलीफ़ोन पर हाथ रखकर पूछा, "तुम कौन हो?"

मैंने मरील का दिया हुआ कार्ड बढ़ा दिया। उसने कार्ड के पीछे एक नाम लिखा और मुझे बायें हाथ से भीतर जाने के लिए कहा।

भीतर एक अलग ही नज़ारा था। एक लम्बा-सा हॉल। क़रीब बीस-पच्चीस कसरत करने की अलग-अलग मशीनों पर कुछ स्त्रियाँ स्थिर साइकिल पर पैर चलाये जा रही थीं। कुछ 'वाइब्रेशन बेल्ट' पर, कुछ नाव वाली मशीन पर यन्त्रचालित नाव चला रही थीं।

कुछ 'रोलर मशीन' पर झुकी हुई। पूरे हॉल में गुलाबी आभा। दीवार का रंग भी गुलाबी। अलग-अलग क़द, अलग-अलग शरीर के ढाँचे। सबको अपने शरीर से शिकायत। वज़न घटाना है। कमर चौड़ी हो गयी है। किसी के कूल्हे मोटे हो गये हैं। किसी की बाँहे मोटी हैं। देखने वालों को चाहे न लगे, पर उन महिलाओं को अपने-आपसे शिकायत थी।

बीच में कमर पर हाथ रखे मिसेज़ त्रातस्की खड़ी थीं। एक बार मुँह घुमाकर उन्होंने मेरी ओर देखा। हाथ के इशारे से उन्होंने मुझे कोने में खड़ा होने के लिए कहा और वापस तरह-तरह के यन्त्रों पर बैठी, खड़ी, लेटी और कसरत करती हुई औरतों के झुण्ड की ओर मुख़ातिब हो गयीं।

"नीना, कमर सीधी रखो, नहीं तो साइक्लिंग का कोई असर नहीं होगा...रोज़ी, माय डार्लिंग, कितनी बार तुमसे कहा कि कसरत करते वक़्त चूइंगम मत खाया करो। बहुत ही गन्दी आदत है और कल तुम चबायी हुई चुइंगम को बेल्ट में चिपकाकर चली गयीं। मिसेज़ गार्डन कितना हम लोगों पर नाराज़ हुई।" खी-खी करती रोज़ी एक मोटी सफ़ेद हथिनी की तरह वाइब्रेशन बेल्ट पर मचल रही थी।

दूसरे कोने से एक ने पुकारा, "डायना, प्लीज़ यहाँ आओ! ऐसे लेटे-लेटे पैर की कसरत बहुत बोरिंग लगती है।"

आवाज़ें, हँसी का शोर, मशीनों की आवाज़ें, बीच-बीच में डायना त्रातस्की का ऊँचे स्वर में आदेश, "ठीक से करो,... पैर ज़रा और उठाओ,... पेट निकालकर मत खड़ी होओ।"

अजीब दुनिया! खड़े-खड़े पैर दुखने लगे। ऐसी मशीनों को तो मैंने जीवन में नहीं देखा। नींद भी आ रही थी। सबसे बड़ी मुसीबत तो यह कि रात को ढाई बजे नींद खुल गयी थी और अब नींद आ रही थी। तब तक घण्टी बजी। एक घण्टे का सेशन पूरा हुआ। पसीना पोंछती हुई औरतों ने मशीनें बदलीं, कुछ ड्रेसिंग रूम की ओर बढ़ गयीं।

अब मिसेज़ त्रातस्की मेरी ओर मुड़ीं, "मिसेज़ डी. से मेरी बात हो चुकी है। आज सारे हेल्थ क्लब को एक नज़र देख डालो। कल तुम्हारी ट्रेनिंग शुरू होगी। ऐसा करो, अब तुम जिमनास्टिक सेक्शन में चली जाओ। यहाँ से सीधे, वही सामने वाला कमरा है, वहाँ इरीना होगी।"

"वह मुझे कैसे पहचानेगी?"

"तुम जाओ ना, वह तुम्हें पहचान जायेगी।"

डायना त्रातस्की वापस उन औरतों की ओर मुँह करके चालू हो गयीं।

इरीना ने देखते ही कहा, "अच्छा, तुम ही भारत से आयी हो? वहाँ पर ऐसी मशीनें हैं?"

"नहीं, मैंने तो वहाँ ऐसा एक भी क्लब नहीं देखा।"

"अच्छा, यह हम लोगों का जिमनास्टिक विभाग है। यहाँ पर फ्री हैंड कसरत करवायी जाती है, रियल बॉडी बिल्डिंग। संगीत की लय पर कसरत..." कहते-कहते इरीना उन औरतों की ओर मुख़ातिब हो गयी, "एक-दो, एक-दो तीन-चार...।"

सेशन ख़त्म होते ही इरीना ने कहा, "चलो, तुमको हाइड्रो थेरेपी का सेक्शन दिखाँऊ।"

हम लोग पिछवाड़े से एक पतली घुमावदार सीढ़ी से नीचे उतरे। एक गोल हौज में पानी का ज़ोरदार भँवर, बिकिनी पहने हुए तीन-चार औरतें।

इरीना ने बताया, "इसे वर्लपूल कहते हैं।"

मैंने अपने दिमाग़ पर ज़ोर डाला। हिन्दी में वर्लपूल को क्या कहा जाये? याद नहीं आया। थकान से जोड़-जोड़ दुख रहा था। घड़ी में देखा। चार बज गये हैं। आइलिन छह बजे आयेगी।

"लगता है तुम थक गयीं। चलो, स्वीमिंग पूल के किनारे बैठें।"

स्वीमिंग पूल का एक हिस्सा, बफ़ीला-ठण्डा, बाक़ी हिस्सा गर्म। उसी के किनारे 'सोना रूम' बना हुआ था। इरीना ने आती हुई एक लड़की से दो गिलास गाजर का जूस लाने के लिए कहा। पिछले तीन घण्टे से ही सारा माहौल जैसे अड़ियल लग रहा था। शरीर की इतनी साधना!

'सोना रूम' से प्रायः नग्न, अर्धनग्न स्त्रियाँ निकलकर पूल में कूद रही थीं, फिर कुछ बफ़ीले पानी में। कुछ देर तैरकर वापस बदन पोंछती हुई पुनः 'सोना रूम' में। गाजर का रस पीते हुए मैं सोचने लगी, भारत में यह सब कब सम्भव होगा? इसका संक्षिप्तीकरण ही मेरी जैसी के लिए असम्भव है, फिर रुपया चाहिए था। इरीना से जब मशीनों का दाम मालूम हुआ, तब मुझे झुरझुरी आ गयी। डॉलर! हर क़दम पर डॉलर! मेरी कमाई पाँच डॉलर घण्टा,

यानी पच्चीस डॉलर रोज़। महीने में क़रीब एक सौ पच्चीस डॉलर। इससे तो खाने का ख़र्च भी नहीं चलेगा। भला आइलिन ही मुझे मुफ़्त में क्यों खिलाने लगी?

इरीना ने अचानक कन्धे पर हाथ रखकर पूछा, "क्या सोच रही हो?"

"कुछ नहीं।"

"सायास झूठ। ट्रेनिंग की चिन्ता मत करो। हम लोग बहुत जल्दी तुम्हें ट्रेंड कर देंगे।"

"हाँ, मगर बिना मशीनों के? मैं वहाँ पर क्या करूँगी?"

वह चुप हो गयी।

"चलो, हम लोग ब्यूटी क्लीनिक में चलें।"

ब्यूटी क्लीनिक में काफ़ी चहल-पहल थी। इरीना ने कहा, "पहले सब कसरत करती हैं, फिर स्नान, फिर चेहरे पर मालिश या पूरे शरीर पर। इसके बाद बालों का शृंगार।"

कोई बाल कटवा रही थी, कोई शैम्पू करवा रही थी। यहाँ बालों का शृंगार पुरुष कर रहे थे। दो-चार ट्रेंड ब्वॉय थे, उनके अधीनस्थ लड़कियाँ। अब तक मैं बिल्कुल थक गयी थी। मन भी नहीं लग रहा था। इरीना मुझे लेकर कॉफ़ी शॉप में बैठ गयी। यहाँ केवल हेल्थफूड ही दिया जाता था, यानी चाय या कॉफ़ी में शक्कर नहीं, केवल सैकरिन की गोलियाँ। तरह-तरह के फल और सब्ज़ियों के रस, सलाद, मक्खन निकाला हुआ दूध और दही आदि-आदि। इरीना ने कहा, "तुम्हारी ट्रेनिंग का पूरा ज़िम्मा मेरे ऊपर है, यूँ और भी सिखायेंगे।"

"तब तुम्हारे कसरत वाले विभाग में?"

"वहाँ कल से ईवा आ रही है। ईवा छुट्टियों पर गयी हुई थी। कल से ज्वाइन कर रही है। नये लोगों को मैं ही ट्रेंड करती हूँ।" उसने जम्हाई लेते हुए फिर कहा, "छह बज रहे हैं। तुम गेट पर जाकर खड़ी हो जाओ। तुमको लेने वाले आते ही होंगे।"

गेट पर पहुँचते ही आइलिन अपनी लाल फोर्ड से उतरती हुई दिखी। मुझे देखते ही वही व्यस्तता का भाव, "चलो, जल्दी बैठो! हमें घर पहुँचते घण्टा भर लगेगा। बेचारा पेपे भूखा होगा।"

पेपे के नाम से न जाने मुँह का स्वाद कैसा हो आया। सुबह से अभी शाम छह बजे तक पेपे और उसकी आइलिन को मैं बिल्कुल ही भूल गयी थी। अचानक आइलिन मुझे बेहद बूढ़ी लगी। लगा चेहरे की झुर्रियाँ सुबह से अब तक और बढ़ गयी हैं। उसकी गाड़ी जो कल तक मुझे बहुत अच्छी लग रही थी, आज पुराने मॉडल की लगी। आइलिन के कपड़े सस्ते। नाइलॉन की उसकी फ्रॉक। घर में घूसते ही कुत्तों की गुरगुर। नथुनों में एक पुरानी गन्ध। सब कुछ बिखरा हुआ। बेतरतीब। कल तो ऐसा नहीं लगा था, फिर एक ही दिन में? मैं सोचने लगी।

तब तक आइलिन ने तोप दागी, "क्यों, तुमको मैं बहुत ग़रीब लग रही हूँ? लगूँगी, लगना स्वाभाविक है। तुमने हॉलीवुड की चकाचौंध देख ली ना? अब इस बुढ़िया के पास क्यों बैठोगी?"

"आइलिन, तुम बेवजह बकवास करती हो। मैंने कुछ कहा क्या?"

"कहे बिना क्या मैं चुप्पी का अर्थ नहीं समझती?"

"चुप इसलिए हूँ कि मुझे तुम्हारे पेपे की याद आ गयी।"

"आज देखना, पेपे तुमको बिल्कुल तंग नहीं करेगा। अब वह तुम्हारा बन्धु है।"

"मुझे उसका बन्धु-भाव नहीं चाहिए। बस, उस कुत्ते को तुम मुझसे दूर रखो।"

"तुम उससे जितना दूर भागोगी, उतना ही वह तुम्हें काटेगा। एक बार सहज हो जाओ।"

"अब लगी न लेक्चर देने?"

आइलिन शायद बुरा मान गयी। बिना कुछ बोले उसने गाड़ी की स्पीड बढ़ा दी और बजते हुए टेप का कान उमेठ दिया। घर पहुँचते ही सबसे पहले उसने पेपे के गले में बेल्ट बाँधी और उसको ड्राइंग रूम के कोने की खिड़की के ग्रिल से बाँध दिया। कुल मिलाकर आधे घण्टे बाद उसके मँह से पहला शब्द निकला, "अब तो ख़ुश हो? मैंने आज तक अपने पेपे बेटे को चेन से नहीं बाँधा।"

पेपे की गुरगुराहट और मेरी ओर मुँह करके थूथन को हवा में चलाना।

मैं और काँप गयी। भय हमेशा अपराध-बोध को जन्म देता है। मैंने खीझकर कहा, "तुम बिना बात मुझे गिल्टी मत फ़ील कराओ। क्या मैं सभी कुत्तों से डरती हूँ?"

"अच्छा, तुम हाथ-मुँह धोकर आओ।"

थकान से मेरा रोम-रोम चूर हो रहा था। खाने का दिल नहीं कर रहा था। मन कर रहा था कि जाकर सीधे बिस्तर पर पड़ूँ, लेकिन आइलिन! उसको तो पिछले चौबीस घण्टो में सोते हुए देखा ही नहीं।

"लो, पी लो!"

मैंने घूमकर देखा, आइलिन हाथ में एक छोटा-सा गिलास लेकर खड़ी थी।

"यह क्या है?"

"ब्रांडी है। थकान मिट जायेगी।"

"मैं शराब नहीं पीती।"

"मैं शराब नहीं पीती!" उसने मेरी नक़ल करते हुए कहा, "मत पीओ, भाड़ में जाओ!"

"मुझे क्या खाना है, क्या नहीं, यह तुम मुझ पर क्यों नहीं छोड़ देतीं? मैं बच्ची तो नहीं? अपना खाना, जो मुझे खाना होगा, बना लूँगी।"

"ठीक है। यही तय रहा। तुमको जो खाना अच्छा लगे, बना लिया करो। मुझे जो करना है, मैं करूँगी। मैं समझूँगी आज से मेरे घर में एक अजनबी रह रहा है।"

"आइलिन, तुम बात को कहाँ से कहाँ ले जाती हो! सारा दिन इतना अच्छा बीता और यहाँ घर आते ही तुम चालू हो गयीं।"

"ओह! तो हेल्थ क्लब की वे अमीरज़ादियाँ बहुत भा गयीं मन को? एक बात मेरी याद रखना। इन अमीरज़ादियों के पास तुम्हें देने के लिए कुछ नहीं है।"

मगर मेरे पास सोचने के लिए इतना मसाला था कि आइलिन की बातों पर ध्यान न देना ही उचित था, फिर मैं उसकी मेहमान हूँ। कृतघ्नता लगी कि मैं उसके ख़िलाफ़ सोच भी रही हूँ, पर कहीं उसके व्यक्तित्व में कुछ ऐसा था कि बुढ़िया किसी-न-किसी जगह चलते-चलते मुट्ठी-भर बालू सामने

आने वालों की आँखों में झोंके बिना नहीं मानती; और इसके बाद पूरी मासूमियत से आँखों की पलकें उठा बालू की किरकिराहट धोने बैठ जाती।

खाना लग चुका था। आइलिन ने पुकारा, ''प्रभा, खाना खाने आओ।''

मैंने ऊपर से झाँककर देखा। आइलिन के कुत्ते मेज़ पर मौजूद थे। बीच में एक बड़े-से बोल में मांस रखा हुआ था। आइलिन लकड़ी के चम्मच से उठाकर उन लोगों की प्लेट में परोस रही थी। मुझे लगा मैं वहीं उलटी कर दूँगी। मैंने ऊपर से ही आवाज़ दी, ''आइलिन, मुझे भूख नहीं है।''

''क्या सच में तुम्हें भूख नहीं है?

''नहीं।''

''सच कह रही हो, तुम्हें भूख नहीं है?''

''हाँ-हाँ-हाँ।''

मैंने मन में सोचा, ऐसे खाने से तो भूखे रहना अच्छा। कुत्तों के साथ भी कोई खाना खाने बैठता है? आइलिन का संवाद जारी था, ''कार्ला, तुम जिमी के प्लेट से कुछ नहीं ले सकतीं। पेपे बेटा, इतना सेंसिटिव मत बनो! प्रभा के आने के बाद से तुम अपसेट हो। मैं समझती हूँ तुम्हारा दुःख।''

लगा कान में पिघला शीशा किसी ने जबरन उड़ेल दिया है, फिर आइलिन की आवाज़, ''प्रभा, क्या तुम्हें सच में भूख नहीं है?''

''कहा न, आइलिन, भूख नहीं है।''

''अच्छा, मैं इन लोगों को सुलाकर आती हूँ, फिर हम दोनों साथ खाना खायेंगे। वैसे अभी मैंने खाना बनाया नहीं है।''

''मैंने होंठ काट लिए। इससे माथा लगाना ही बेकार है, फिर पुकार हुई, ''खाना लगा दिया है, जल्दी आओ! मैं काफ़ी देर से बैठी हूँ।'' इतनी जल्दी बन गया, सोचते हुए मैं नीचे आयी।

खाना जल्दी बनने का रहस्य मेज़ पर बैठते ही समझ में आया। कल वाली सब्ज़ी, वही मक्खन में भुने हुए आलू-मटर, कटी हुई हरी ककड़ी, प्याज और उसी के ऊपर बड़े करीने से सजाया हुआ था कल का जूठा छोड़ा गया वही आधा टमाटर का टुकड़ा। पाव रोटी तथा मक्खन, कल का बचा हुआ केक। यानी खाना गरम करके रख दिया गया था। मेरी आँखें टमाटर के टुकड़े पर जमी हुई थीं। आइलिन स्टेक और आलू-मटर आराम

से खा रही थी। मुँह में स्टेक का बड़ा-सा कौर भरे हुए उसने फरमाया, "मैं रोज़-रोज़ खाना नहीं बनाती। चार-पाँच दिन का खाना बनाकर रख लेती हूँ। हाँ, और एक बात, जो कुछ भी मैंने तुम्हारे लिए पकाया है, वह तुम्हीं को खाना पड़ेगा। मेरा परिवार मांसाहारी है। पेपे तो एक किलो मांस दस मिनट में चट कर लेता है।"

सारी कड़वाहट को भीतर निगलकर मैंने धन्यवाद कहा, फिर पूछा, "पेपे कहाँ है?"

"वह आज खुद ही इधर नहीं आया। तुम क्या सोचती हो, खाली तुम्हीं को उससे शिकायत है?"

कार्ला और जिमी इधर-उधर कू-कू कर रहे थे। टॉमी छोटा-सा झबरू स्पैनियल, उससे अब तक मेरी दोस्ती हो गयी थी। बगल की कुर्सी पर चुपचाप बैठा टुकुर-टुकुर ताक रहा था। आइलिन ने बड़े प्रेम से कहा, "प्रभा डियर, ठीक से पेट भरकर खाना; और सुनो, केक चाहो, तो बाद में खा लेना, रात को नींद खुले तो।"

मैंने उसकी आँखों में झाँका। काँच-सी पारदर्शी आँखों में असीम ममता।

"धन्यावाद आइलिन, तुम मेरा बहुत ख़याल रखती हो।"

"नहीं। मैं कहाँ रख पाती हूँ। मिसेज़ डी. ने आज ही मुझे बुलाकर कहा कि प्रभा बड़े घर की लड़की है, उसको मेहनत की आदत नहीं।"

"अरे, नहीं, आइलिन, ऐसी बात नहीं।"

वह फिर चहकी, "अच्छा, बताओ तो आज तुमने क्या-क्या किया?"

आधे घण्टे तक सविस्तार वर्णन के बाद आइलिन की नीति-शिक्षा शुरू हुई, "देखो, तुम इन बड़े घरों की औरतों के चक्कर में आ मत जाना। ये सब खाली पैसा समझती हैं, पैसा! और वह चुड़ैल मरील तो दिन-रात इन्हीं लोगो के तलवे सहलाती है।"

"मरील तो अच्छी औरत लगी, आइलिन।"

"देखो, तुम उसकी फाँकियों में आ मत जाना। बरबाद करके रख देगी; और हाँ, एक बात समझ लेना। ख़बरदार! कभी उसके साथ क्लारा ब्राउन के घर या उसकी पार्टी में मत जाना। मिसेज़ डी. की जानी दुश्मन है क्लारा ब्राउन।"

"दुश्मन? मरील तो कह रही थी क्लारा को जब दौरे पड़ते हैं, तब केवल डॉक्टर डी. ही ठीक कर पाते हैं।"

"बेवक़ूफ लड़की! दो और दो चार जोड़ना नहीं जानती? क्लारा और डॉक्टर डी. का..." कहते-कहते उसने दाहिनी आँख मारी। उसने ह्विस्की का बड़ा-सा घूँट भरा और बोली, "समझ गयी ना, मैं क्या कहना चाह रही हूँ?"

"लेकिन मिसेज़ डी. इतनी ख़ूबसूरत हैं। वह क्यों बर्दाश्त करती हैं।"

"पैसा, मेरी बच्ची, पैसा! डॉक्टर डी. के पास पूरा हॉलीवुड क्लारा ब्राउन के कारण आता है।"

"लेकिन तुम्हारे देश में भी औरतें त्रिशंकु होकर जी लेती हैं?"

"कहाँ नहीं जीतीं वे? दुनिया में ऐसा कोई कोना बताओ, जहाँ औरत के आँसू नहीं गिरे?"

अब उसकी आवाज़ संजीदा थी। खाना ख़त्म होते ही आइलिन ने अपना ह्विस्की का गिलास उठाया और ड्राइंग रूम में अपनी झूलन कुर्सी पर बैठ गयी। टी.वी. तो उसके घर में कभी बन्द ही नहीं होता था।

"प्रभा, तुम बर्तन धो लो। मैं रोज़र के फ़ोन की प्रतीक्षा कर रही हूँ।"

ख़ैर, यह तो करना ही था। बर्तन धोने उठी, तो लगा कि सारा बदन चूर-चूर हो रहा है। कमर बुरी तरह जकड़ी हुई थी। चौका-बासन ख़त्म होने में एक घण्टा लग गया। घड़ी देखी, तो नौ बज रहे थे। पेपे सचमुच उखड़ गया था। न मुझे देखकर गुर्राया और न चौके में आया। ज़मीन पर बैठे-बैठे आइलिन के पैर चाट रहा था।

"ओ.के., आइलिन, गुड नाइट!"

"गुड नाइट! अच्छा, एक काम करती जाओ। उस चौके वाली अलमारी से ह्विस्की की बोतल लाकर रख जाओ और थोड़ा बर्फ़ भी।"

मैं ह्विस्की लेकर लौटी, तब उसने फिर कहा, "पता नहीं दो दिनों से रोज़र का फ़ोन क्यों नहीं आया? जीसस क्राइस्ट! वह ठीक से रहे!"

मैंने उबासी लेते हुए कहा, "तुम क्यों नहीं कर लेतीं?"

वह ठुनककर बोली, "मैं क्यों करूँ? एक तो उसकी बीवी को भी बर्दाश्त करूँ और फिर उसकी खुशामद भी?"

"बीवी तुमको बर्दाश्त कर रही है, या तुम बीवी को?"

"जाओ, ऊपर सोने जाओ! ज़्यादा बड़ों के मुँह नहीं लगते।"

बुरा लगते हुए भी उसके बोलने की अदा इतनी मीठी थी कि हँसी आ गयी। दूसरे दिन रात को फिर चार बजे आँखें खुलीं। दबे पाँव नीचे आकर देखा। टी. वी. चल रहा था। आइलिन वहीं कुर्सी पर सो रही थी, या नशे में धुत होगी, क्योंकि बोतल क़रीब-क़रीब पूरी ख़ाली थी। कुछ क्षण मैं खड़ी रही। नीचे सारी बत्तियाँ जल रही थीं। इसके बावजूद घर बड़ा भुतहा लग रहा था।

अचानक मैं बहुत अकेली हो गयी। कैसे बीतेंगे ये तीन-चार महीने! इरीना ने कहा था, डिप्लोमा कोर्स करने में तीन महीने लगते हैं। विदेश आने से पहले अपने स्कूल की प्रधानाध्यापिका से मिली थी। बड़ी बहन जी नाराज़ थीं।

"फिलॉसफ़ी में एम. ए. करके अब ब्यूटी थेरेपी में डिप्लोमा! तब इतनी पढ़ाई-लिखाई की क्या ज़रूरत थी?"

"मुझे कॉलेज की नौकरी नहीं चाहिए और मैं पैसा कमाना चाहती हूँ।"

"यह अचानक पैसे की इतनी हवस क्यों? मुझको देखो। मैं कम ख़र्च में सादगी से काम चला रही हूँ।"

"आप चला सकती हैं, क्योंकि आप बंगाली समाज की हैं, जहाँ शिक्षा का सम्मान है और मैं? मैं उस समाज की हूँ जहाँ आदमी की एक ही विशेषता होती है—वह लाख रुपये का आदमी है या करोड़ का?"

"तो तुम बंगाली लड़के से शादी करो। वह तुम्हारा सम्मान करेगा।"

"नहीं, मेरी लड़ाई इसी समाज से चलेगी। आप नहीं जानतीं, बहन जी, औरत की सारी स्वतन्त्रता उसके पर्स में निहित है।"

"पैसे को इतना महत्त्व मत दो।"

"कुछ दिनों के लिए देना होगा। नहीं तो इस समाज में मुझे अपनी मर्ज़ी से जीने नहीं दिया जायेगा।"

बड़ी बहन जी ने उठकर कलेजे से लगा लिया। बोलीं, "ठीक है मेरी बच्ची! मुझे तुम पर भरोसा है कि तुम और मारवाड़ी लड़कियों की तरह केवल हीरा-मोती नहीं तौलने लगोगी।"

मकान के पिछवाड़े छोटा-सा स्वीमिंग पूल था। वहीं किनारे कुर्सी पर बैठकर मैं चुपचाप शान्त पारदर्शी पानी को देखने लगी। एकदम नीला आकाश, तारों से भरा-भरा। शायद मेरी आँख लग गयी थी। चिड़ियों की चहचहाहट से नींद टूटी तो देखा, सामने आइलिन खड़ी थी। उसके दोनों हाथों में चाय के दो मग थे। एक मग मुझको थमाती हुई बोली, "यूँ रात को अकेले नहीं बैठा करते, और उदास हो जाओगी।"

"तुम भी तो टी. वी. के सामने बैठी थीं। तुम कहाँ सोयीं?"

फिर से हँसकर उसने कहा, "मैं ऐसे ही सोती हूँ।"

"यह सोने का कौन-सा तरीक़ा हुआ?"

"मुझे बिस्तर पर अकेले सोने से डर लगता है।"

"रोज़र ने फ़ोन किया?"

"नहीं।"

वह उदास हो गयी।

"पेपे कहाँ है?"

"मेरे बिस्तर में सो रहा है। अच्छा, चलो, अब तैयार हो जाओ! हमें आधे घण्टे में निकलना है।"

ठीक सात बजे हम दोनों निकलीं। वही कल वाली आपाधापी। गाड़ी चलाते हुए आइलिन का तैयार होना। ज़ोरों से टेप का बजना।

ठीक आठ बजे मिसेज़ डी. के घर। गेट पर मरील ने कहा, "पता नहीं इस फ्रस्ट्रेटेड बुढ़िया के यहाँ तुमको मिसेज़ डी. ने क्यों रखा? एक महीने में यह तुम्हें पागल कर देगी।"

मैं चुप रही। अब मुझे दो और दो को जोड़ना आ गया था।

आज मरील काम के मूड में थी। उसने जल्दी से सैंडविच और दूध बनाकर मुझे दिया। खुद चिकन सैंडविच ली। मिसेज़ डी. का फ्रिज खाने के सामान से भरा हुआ था। प्लेट उठाते हुए मरील ने कहा, "तुम ऊपर चलो, और जितनी स्कर्ट्स है, उनकी हेम लाइन खोल डालो।"

मैं ऊपर आकर काम में लग गयी। दस मिनट में मरील आयी। उसने क्रीम, ब्राउन, गोल्ड, रस्ट चार स्कर्ट निकाले। उसने फिर कहा, "मिनी स्कर्ट का फ़ैशन आ रहा है। स्कर्ट की लम्बाई छोटी करनी पड़ेगी।"

उसके सधे हुए हाथ कैंची चला रहे थे, फिर मशीन से मोड़कर उसने मुझे तुरपाई करने को पकड़ा दिया। वह खुद ब्लाउज़ के ढेर में डूब गयी। तुरपाई करते हुए घर की बड़ी जीजी और स्कूल की रेणुका बहन जी की याद आ गयी। बिना मार के तो मैं कभी कुछ सीखने वाली थी नहीं और वह भी सूंई-धागा, कढ़ाई-बुनाई। लेकिन अम्मा की सख़्ती, बड़ी जीजी की ट्रेनिंग और वैसे ही स्कूल की सख़्त टीचर रेणुका बहन जी।

सर झुकाये-झुकाये गर्दन अकड़ गयी। मरील ने हँसकर हाथों से स्कर्ट ले लिया और कहा, ''गुड, वेरी गुड! तुमने तीन दिन का काम एक दिन में कर दिया। चलो, अब लंच करें।''

मरील ने जल्दी-जल्दी चूल्हे पर 'रिसोटो' गरम किया। साथ में वही दूध का गिलास और वही कल वाला रास्ता, फिर वही गेट पारकर जाती हुई धूप में चमकती-दौड़ती फोर्ड।

भीतर जाते ही मिसेज़ त्रातस्की ने इरीना के पास भेज दिया। इरीना मुझे एक छोटे-से केबिननुमा ऑफ़िस में ले गयी। वहाँ शरीर विज्ञान के बड़े-बड़े पोस्टरों सहित, किताबें और नोट्स रखे थे। उसने मुझे किताबों के एक ढेर के सामने बैठा दिया। पूछा, ''अंग्रेज़ी पढ़ लेती हो?''

''हाँ।''

''तब सुविधा होगी। किताब और निर्देशन दोनों साथ मिलाकर पढ़ती जाओ। जहाँ नहीं समझो, वहाँ मार्क कर देना, मैं बाद में समझा दूँगी। आज मिसेज़ त्रातस्की का मूड ख़राब है, अतः उनका विभाग मुझे सँभालना है, और हाँ, पढ़ते-पढ़ते उकता जाओ, तो हेल्थ क्लब के किसी भी विभाग में जाकर खड़ी हो सकती हो। सिद्धान्तों से ज़्यादा यह व्यावहारिक ज्ञान तुम्हारे अधिक काम आयेगा।''

इरीना जा चुकी थी। दो दिनों में एक ही बात समझ में आयी कि मिसेज़ डी. ने मेरी रेल पटरी पर बैठा दी है। अब किस रफ़्तार से दौड़ना है, यह मुझ पर निर्भर करता है। धीमे चलो, तो धीमे, कोई नहीं टोकेगा और दौड़ना चाहो, तो पूरा सहयोग है। यहाँ तेज़ रफ़्तार से सभी दौड़ रहे हैं, कम-से-कम मैं जिन लोगों के सम्पर्क में हूँ। एक बेचारी आइलिन को छोड़कर, जिसका सारा भविष्य मिसेज़ डी. की सेक्रेटरी की भूमिका

तक सीमित हो गया है। मन में अचानक आइलिन के लिए बड़ी ममता हो आयी।

बेचारी। फिर लगा, नहीं आइलिन का आत्मसम्मान इन सबसे अधिक है। उसकी भेदक दृष्टि में कुछ है, जो पूरे शरीर को, पूरे अस्तित्व को पारदर्शी काँच-सा देख लेता है। शायद उसका यूँ देखना ही मुझे घबरा देता है। इस बुढ़िया की नुकीली आँखें और अटपटी जीभ तो जिस किसी का आत्मविश्वास डिगा सकती है।

इरीना की आवाज़ से अचानक मैं चौंक उठी, "कितना पढ़ लिया?"

शर्म से मेरे कान लाल हो गये। किताब यूँ ही खुली पड़ी थी और मैं न जाने पिछले दो घण्टों से क्या-क्या सोच रही थी।

"सॉरी, इरीना।"

"कोई बात नहीं। पहले कुछ दिन ऐसा ही होता है।"

"नहीं, मैं बहुत ही लज्जित हूँ। यूँ ख़यालों में खोये रहना...?"

"किसकी याद आ रही थी? घर की? पीछे किसी को छोड़ आयी हो?"

"नहीं, मैं यहाँ के लोगों के बारे में सोच रही थी।"

"अच्छा, आज बस इतना ही रहने दो। छह बज रहे हैं। तुम्हारी दोस्त तुम्हें लेने आती होगी।"

फिर और एक नया दिन। वही शुरुआत। आइलिन हर रात कुर्सी पर पड़ी शराब की खुमारी में मत्त-बेहोश क्यों रहती है? टी. वी. केवल आवाज़ों के माध्यम से उस घर में संवाद जारी रखता है। हरर रात आइलिन के बिस्तर में पेपे सोता है, और वही आलू-गोभी की सब्ज़ी, जब तक ख़त्म न हो जाये, मुझे खानी पड़ेगी। आज सुबह ही मुझे उदास देखकर मरील ने कहा था, "दिल छोटा मत करो। शुरू-शुरू में ऐसा ही होता है। जब में पोलैण्ड से यहाँ आयी थी न, तब मेरी जेब में कुल सौ डॉलर थे और मैं किसी को जानती तक नहीं थी। लेकिन आज मेरे सामने खुला आसमान है।"

फिर कान के पास मुँह ले जाकर धीमे स्वरों में वह फुसफुसायी, "आइलिन से कहना मत। बहुत जल्दी ही मैं अपनी बुटीक खोलने जा रही हूँ। क्यों न खोलूँ? मेरे पास अनुभव और प्रतिभा दोनों ही हैं।"

"इतने रुपये कहाँ से लाओगी?"

"रुपये? रुपये की क्या कमी इस देश में? कमी तो है, सिर्फ़ काम करने वालों की।"

"अच्छा, हमारे देश में यह सुविधा नहीं।"

अचानक मरील ने चहककर कहा था, "हे प्रभु! एक काम क्यों नहीं करतीं! तुम्हें कुछ रुपया नहीं लगाना पड़ेगा, लेकिन तुम बराबर की पार्टनर मेरे फर्म में हो जाओ।"

"तुम्हारे फर्म में; और ये कपड़े सीती रहूँ?"

"तुम नहीं जानतीं इसमें कितना पैसा है।"

"और हर शाम खाना बनाऊँ, फिर बर्तन मलूँ, सुबह उठकर झाड़ू लगाऊँ, बगीचे की घास काटूँ?"

"रुको-रुको! इसमें हर्ज क्या है? और बाद में तुम जब काफ़ी अमीर हो जाओगी, तब तुम्हें इन कामों के लिए पार्ट टाइम हेल्प मिल सकती है।"

"तब मुझमें और मेरे रामू नौकर में फ़र्क़ ही क्या हुआ? अगर यही करना था, तब फिलॉसफ़ी की पढ़ाई क्यों की?"

"तो ब्यूटी क्लीनिक में आप क्या करने जा रही हैं? कोई शोध-कार्य?"

"कम-से-कम अपने देश में एक नयी चीज़ तो ले जाऊँगी। जो कुछ मैं यहाँ देख रही हूँ, वैसी तो एक भी संस्था नहीं है हमारे यहाँ, और सुनो, तुम मुझे करोड़ों की दौलत भी दो, तो भी विदेश की ज़मीन पर मैं नहीं रह सकती।"

"यदि तुम्हारे पास क्लारा ब्राउन जैसा पैसा हो तब भी नहीं?"

"नहीं—नहीं—नहीं!" उँगलियों में सूई चुभ गयी थी। मैंने तर्जनी को मुँह में रखते हुए कहा।

मरील स्थिर देखती रही, फिर बोली, "तुम हम लोगों से इतनी नफ़रत करती हो?"

"नहीं तो!"

"तुम्हारी नफ़रत का कारण भी मुझे समझ में आ रहा है। आइलिन के पास रहकर तुम हम लोगों से कभी प्यार नहीं कर पाओगी।"

"नहीं, यह बात नहीं।"

"ठीक है, जैसा तुम कहती हो, मैं उसे स्वीकार रही हूँ। अच्छा, वह ऊपर वाली रैक से मिसेज़ डी. के ब्लाउज़ निकालना।"

मरील ब्लाउज़ छाँटने लगी थी। किस स्कर्ट के साथ कौन-से ब्लाउज़ को रखा जाये, किसकी बाँह छोटी करनी है, किस स्कर्ट की लम्बाई काटकर जो कपड़ा बचे, उसी से कालर और बाँह में पट्टी, कहाँ कमर में चौड़े लेस की ज़रूरत होगी। मैं चकित होकर उसका यूँ पुराने कपड़ों को नये फ़ैशन में रूपान्तरित करना देख रही थी। साथ ही लिस्ट बनाती जा रही थी, क्या-क्या ख़रीदना होगा। आज उसने पहले वाले चार स्कर्ट्स के ब्लाउज़ जाँचे, उनके साथ कौन-से जूते, कौन-से बैग, कौन-से गहने चाहिए, तय किया। मेकअप के लिए हेलेना रूबिनस्टाइन की कॉसमेटिक्स का नया शेड कार्ड ख़रीदकर लायी थी। उसी में से मिसेज़ डी. की पीली त्वचा के लिए, जो ठण्ड में प्रायः बड़ी ज़र्द लगती थी, उपयुक्त चीज़ों का चयन करके वह तेज़ी से नोट करती जा रही थी। मेरे सामने सात-आठ ब्लाउज़ रखे थे। किसी के नीचे महीन तुरपाई करनी थी, किसी का बटन बदलना था, तो किसी में लेस की नयी झालर लगानी थी।

चारों स्कर्ट-ब्लाउज़ को इस्त्री करके जब हैंगर में टाँगकर मरील लौटी, तो ख़ुद मुझे अपनी आँखों पर विश्वास नहीं हुआ था। यूँ लगा, जैसे अभी-अभी रोडेयो ड्राइव की दुकान से सब ख़रीदकर लाये गये हों। स्कर्ट के कमरबन्द पर भीतर शैनल का लेबल चमक रहा था। मरील ने हँसकर कहा, "अब तुम समझ रही हो मिसेज़ डी. मुझे क्यों इतने पैसे देती हैं? ये चारों शैनल के सूट चार-पाँच हज़ार डॉलर से कम में नहीं बिकेंगे, यानी चालीस-पचास हज़ार रुपये।" मेरी फटी आँखों को देखकर उसने कहा, "यह तो कम दाम मैं बता रही हूँ। हाँ; और एक बात। मिसेज़ डी. से मत कहना, मुझे खा जायेंगी। ये लेबल भी नक़ली हैं, हाँ, नक़ली हैं।"

"तब इनको लगाने की क्या ज़रूरत पड़ी?"

"स्टेटस सिम्बल। मिसेज़ डी. रईस हैं नहीं, रईसी दिखाती हैं, इसलिए रईसी के तमाम प्रतीकों को जमा करती हैं, जबकि क्लारा ब्राउन सच में रईस है।"

"उसका वार्डरोब भी ऐसे ही मैनेज करती हो?"

"अरे, वहाँ तो मज़ा आ जाता है। दुनिया की हर क़ीमती चीज़ धड़ल्ले से लाकर रख दो।"

"यानी असली पैसा क्लारा ब्राउन के पास है?"

"नहीं, मिसेज़ डी. के पास भी है, पर मिसेज़ डी. अपने वैभव को अच्छी तरह पसारना जानती हैं। वह क्लारा ब्रउान से कम हैं, पर मानो मुझे सौ डॉलर देकर, यदि एक हज़ार डॉलर का शैनल का सूट बन गया, तो हर्ज क्या है? दोनों के व्यक्तित्व में मौलिक अन्तर है?"

"और डॉक्टर डी. दोनों को चाहते हैं?"

"शी...शी।" उसने मेरे मुँह पर हाथ रखते हुए कहा, "ए लड़की! इन बातों को पेट में रख। मेरी आदत है बक-बक करने की, इसलिए बोल देती हूँ और उस बुढ़िया डायन को तो कभी मत बोल देना। वह मिसेज़ डी. की चीफ़ जासूस है।"

"नहीं-नहीं, मैं नहीं बोलूँगी।"

मरील अब एक हलके क्रीम रंग का प्लेन ब्लाउज़ हाथों में लिए सोच रही थी। यूँ कहा जाये कि किन्हीं दूसरे ख़यालों में खोयी हुई थी। अचानक जैसे सोते-सोते से जागकर उसने कहा, "अरे, बड़ी देर हो गयी। चलो, तुम्हें हेल्थ क्लब छोड़ना है। आज खाना गोल कर दो।"

वही भागमभाग। गाड़ी में बैठकर न जाने उसे फिर क्या सूझा कि वह वापस दौड़ती हुई अन्दर गयी। ऊँची एड़ी के पेंसिल हील के जूतों में दौड़ पाना! न जाने ये लोग कैसे दौड़ लेती हैं। वह लौटी, तो पैकेट में चॉकलेट, दही के डिब्बे और दो सेब थे।

"अब से हम लोग लंच गाड़ी में करेंगे, नहीं तो एक घण्टा रोज़ खाने में बरबाद होता है; और यूँ भी तुम्हारा वज़न ज़्यादा है। दो-चार किलो घट जायेगा तो अच्छी लगोगी।"

गाड़ी अस्सी मील की स्पीड से दौड़ रही थी। दही के बाद अब मैं सेब कुतर रही थी। अचानक मैंने मरील से पूछा, "मरील, ये लड़के लम्बे बालों वाले, क्या किसी ख़ास मजहब के हैं?"

"अरे नहीं, ये हिप्पी हैं, अपने को प्रेम का प्रतीक समझने वाले।"

"यह तो बड़ी अच्छी बात है।"

उसने घूरकर मेरी ओर देखा, "तुम इतनी बेवक़ूफ़ क्यों हो, प्रभा? ये गाँजा पीते हैं, नशे में रात-दिन डूबे रहते हैं। हमारा देश बरबाद हो जायेगा। इसका असर सारी दुनिया की नयी पीढ़ी पर पड़ेगा। मैं सबसे ज़्यादा चिन्तित अपनी छोटी बेटी लारा के लिए हूँ। वह आजकल बिल्कुल 'रिबेल' हो रही है। फटे जीन, बिखरे बाल, न जाने किस-किस के साथ घूमती रहती है। अच्छा, यह लो, आ गया तुम्हारा हेल्थ क्लब।"

शाम को वही छह बजे आइलिन आयी। घण्टे-भर में घर: मुझे यूँ लगता, मानो सारे-सारे दिन गाड़ी में ही चल रही हूँ। चलना और केवल चलना। चौड़ी सड़कों का अन्तहीन सिलसिला।

कुल मिलाकर चार दिन हुए हैं और मन में ऐसी उकताहट हो रही है कि दिल करता है, वापस भारत लौट जाऊँ। दिल बिल्कुल उचटा हुआ था। यहाँ घर से दूर रात-दिन की मेहनत। ऐसा लग रहा था, मानो किसी ने जड़ से उखाड़ कर पौधों को फेंक दिया हो। मन रोने को कर रहा था। आइलिन के कॉटेज के सामने सीढ़ियों पर चुपचाप बैठी मैं बेहद उदास हो आयी थी। भीतर से टी. वी. की आवाज़, साथ में आइलिन की बक-बक का मिला-जुला शोर। किचिन की गन्ध बाहर की खुश्क़ हवा में घुलती जा रही थी। मैं अचानक चौंकी। पैरों के पास कुछ गीला-गीला लगा।

अरे, बाप रे! पेपे पास में बैठा हुआ मेरे पैर चाट रहा था। मैं हड़बड़ाकर उठी, पर पेपे वैसे ही बैठा रहा। बड़े कातर भाव से उसने सिर उठाकर मेरी ओर देखा, उसकी बड़ी-बड़ी आँखें बिना कुछ कहे भी बहुत कुछ कहती हुई लगीं। उन आँखों में सारी दुनिया की हमदर्दी समाई हुई थी। मेरे वापस बैठते ही वह और क़रीब सरक आया। मैंने डरते-डरते उसकी पीठ पर हाथ फेरा। पेपे के दोनों कान खड़े हो गये। ख़ुश होकर उसने मेरी ओर देखा। धीमे से गुर्राया। मेरे पैरों को फिर से चाटने लगा।

मैंने धीरे-से कहा, "पेपे, घर की याद आ रही है।"

उसने सिर हिलाया। मैंने कहा, "क्या करूँ, पेपे, क्या वापस चली जाऊँ?"

पेपे अब एकदम क़रीब सरक आया था। उसने दोनों टाँगों को उठाकर ऊपर वाली सीढ़ी पर रखा और मुँह को गर्दन के पास ले आया, लेकिन पता नहीं क्यों उस समय मुझे लगा कि अब पेपे की दोस्ती ख़तम।

वह झपट्टा मारेगा, चीर खायेगा। मैंने एक हाथ से उसे ज़ोरों का धक्का दिया। अप्रस्तुत होने की वजह से वह दूर जा गिरा और लगा ज़ोरों से भौंकने। मैं उठकर घर के भीतर दौड़ती हुई ऊपर अपने बेडरूम में। मगर पेपे आगे बढ़ा नहीं। केवल आहत स्वर में वह ज़ोर-ज़ोर से भौंकता रहा। आइलिन दौड़ती हुई आ गयी थी। ऊपर खिड़की से मैंने झाँककर देखा, आइलिन पेपे के गले से लगी हुई सुबक रही थी।

"नहीं, मेरे बच्चे! मत रो, मेरे पेपे? किसी को हमारी ज़रूरत नहीं, किसी को नहीं। सबको हमारी नीयत पर शक है, लेकिन हमने किसी का क्या बिगाड़ा है? किसके यहाँ डाका डाला? किससे कुछ माँगने गये?"

ऊपर खिड़की पर खड़े-खड़े मेरी आँखों से टप-टप आँसू गिरने लगे, फिर एक हिचकी, ज़ोरों की रुलाई। वहीं से रोते-रोते मैंने नीचे झाँक कर कहा, "वेरी सॉरी, आइलिन, वेरी सॉरी! मुझे भी पेपे के साथ अच्छा लग रहा था, फिर न जाने क्यों वही भय का दौरा!"

"सुनो लड़की! तुम पागल हो, मेरा पेपे नहीं। नीचे आकर पेपे से माफ़ी माँगो।"

मैं नीचे उतरी। मैंने दूर से ही कहा, "मैं अपने व्यवहार के लिए लज्जित हूँ।"

आइलिन ने तड़पकर कहा, "यह कोई तरीक़ा हुआ माफ़ी माँगने का? दूर से बोल दिया। क्या इसे छू नहीं सकतीं? ठीक है, तुम दूर हो जाओ मेरी आँखों के सामने से।"

मैं सच में दुःखी हो रही थी, "आइलिन, चलो, भीतर चलो। खाने का वक़्त हो गया।"

"तुम खा लो। मेरा पेपे जब तक शान्त नहीं हो जायेगा, तब तक मैं नहीं आऊँगी भीतर।"

"शान्त तो है।"

"शान्त तो है...!" आइलिन ने चिढ़कर मेरी नक़ल की, "देखो, इसकी आँखों में देखो! कैसे दर्द उफन रहा है? तुमने इस बेचारे का दिल तोड़ दिया। मिसेज़ डी. की पेगी को बड़ा गोद में लिए फिरती हो। अमीर औरत का कुत्ता है ना।"

"बात यह नहीं, आइलिन, पेपे दिखने में हिंसक लगता है।"

"देखने में हिंसक लगता है? इस बेचारे ने ऐसा क्या काम किया हिंसा का? किसी को काटा? किस पर झपटा?" आइलिन सच में नाराज़ हो गयी थी। मुझे दुःख और ग्लानि के साथ-साथ न जाने क्यों उस पर गुस्सा भी आ रहा था।

"तुम मुझे क्यों एक कुत्ते से प्रेम करने के लिए कह रही हो?"

"मैं तुमसे कुछ नहीं कहती। जो करना है करो। हम दोनों को हमारे हाल पर छोड़ो।"

सबसे बड़ा आश्चर्य तो हो रहा था पेपे की ख़ामोशी पर। उसकी ख़ामोश और कातर आँखें। झरता हुआ पानी। क्या वह सच में रो रहा था? पर सारे सोचने-समझने के बावजूद पेपे के पास जाने की हिम्मत नहीं हो रही थी। कल मुझे मिसेज़ डी. से बात करनी होगी। मैं भारत वापस लौट जाऊँगी। मैं आइलिन की कुर्सी पर बैठ गयी। मुझे लगा, इस देश की हर औरत, ख़ूबसूरत और जवान तथा सक्रिय औरत, एक दिन आइलिन का अकेलापन हो जाती है। नहीं, मेरा यह तर्क ठीक नहीं। कहीं कुछ ग़लत है। मेरी संवेदनशीलता में कहीं कोई कमी है।

मैं चुपचाप वापस अपने कमरे में जाकर लेट गयी। खाने की कोई रुचि नहीं रही। सुबह वही चार बजे आँखें खुलीं। नीचे गयी किचिन में। चाय की केटली का स्विच ऑन किया। रात के सन्नाटे में पानी का खौलना भी जैसे आतंकित कर रहा था। मैंने फ्रिज खोला। एक टुकड़ा ब्राउन ब्रेड का निकाला। चाय का मग और ब्रेड लिए स्वीमिंग पूल के किनारे आ गयी। यह कौन बैठा है, ख़तम होती रात के धुँधलके में! वह आइलिन थी। झूले पर बैठे पेपे को गोद में थपकियाँ देती हुई वह गुनगुना रही थी। हवा के साथ हौले-हौले झूलती हुई।

मैं पलटकर भीतर चली गयी। मन नहीं किया कि कुछ बोलूँ। वह सुबह भी कुछ बुझी-बुझी थी। आइलिन की आँखें सूजी हुई थीं। एक रात में लगा, वह दस साल और बुढ़ा गयी है। इतनी कमज़ोर! इतनी जर्जर! पेपे ख़ामोश था। कार्ला और जिमी इधर-उधर खेल रहे थे। मुझे तैयार देख उसने कहा, "चलो।"

गाड़ी में भी वह कुछ नहीं बोली। केवल एक बार भुनभुनायी, "यह मरील तुम्हारा दिमाग़ ख़राब कर देगी।"

वही रोज़ का रुटीन। मुझे ख़ामोश देख मरील ने ही पूछा, फिर बुढ़िया ने झगड़ा किया न?"

"नहीं, मरील, यहाँ मेरा दिल नहीं लग रहा। मैं अगले सोमवार तक घर लौट जाऊँगी। मुझे कोर्स-वोर्स नहीं करना।"

"अच्छा, अगले सोमवार को जाओगी न? आज तो काम में मन लगाओ। ज़रा सोचकर बताओ तो इस प्लेन क्रीम रंग के ब्लाउज़ में क्या किया जाये?"

बिना सोचे-समझे ही मैंने कहा, "क्या और किया जा सकता है? कढ़ाई-वढ़ाई कुछ कर दो।"

"कैसी कढ़ाई?"

"अरे, पीला गुलाब काढ़ दो, या मिपेल के पत्ते उकेर दो।"

"और वह कढ़ाई करेगा कौन?"

"मैं कर देती हूँ। इसमें कौन-सी बड़ी बात है।"

"कर लोगी पक्का? मैं ड्राइंग कर देती हूँ।"

"अरे, हाँ, बाबा, हाँ।"

"देखो, यदि बिगड़ गया न, तो मिसेज़ डी. मुझे कच्चा खा जायेंगी। फ्रेंच साटिन का ब्लाउज़ है।"

"कह तो रही हूँ, नहीं बिगड़ेगा।"

मरील ने सारा सामान जुटाया। रेशम की कढ़ाई। वह भी रंगों की भरावट। न मालूम अम्मा ने गीता की शादी के लिए कितने बेल-बूटे कढ़वाकर रखे थे। मरील एक बार आकर झाँक गयी थी। दुबारा आयी, तो मैं चीख़ उठी।

"नहीं बिगड़ेगा, तो तुम झाँक-झाँककर बिगाड़ दोगी।"

वह 'सॉरी' कहकर चली गयी। चार घण्टे में कढ़ाई पूरी हो गयी थी। मैंने जब मरील के सामने रखा, तो वह गले से लिपट गयी।

"तुम नहीं जानतीं कि तुमने कितना अच्छा काम किया है! चलो, एक डील रही। इस फूल को बनाने का बीस डॉलर मैं तुम्हें दे रही हूँ, और ऐसी

कई चीज़ें तुम्हें बनानी हैं। मैं पैसे अच्छे दूँगी, पर ये ब्लाउज़ क्लारा ब्राउन के बनेंगे, मिसेज़ डी. के नहीं।"

"क्यों?"

"क्योंकि क्लारा ब्राउन मुझे इनके चार गुने पैसे देगी। प्लीज़ प्रभा, तुम्हें भी मेरा एहसान मानना चाहिए।"

"लेकिन मिसेज़ डी. के घर बैठकर किसी और का काम करना?"

"नहीं, इसे तुम घर ले जाना और रात को छिपाकर कर सको, तो कर लेना। मैं अच्छे पैसे दूँगी।"

पैसों के ज़िक्र पर मुझे मिसेज़ त्रातस्की याद आ गयीं। कल ही वह फ़ीस का ज़िक्र कर रही थी। पैसे-पैसे, हे भगवान! इतनी ग़रीबी तो मैंने कभी झेली नहीं।

घर फ़ोन नहीं कर रही थी कि पैसे लगेंगे। बहार खाती नहीं थी कि पैसे लगेंगे। कहीं कुछ ख़रीदा नहीं कि पैसे लगेंगे। उस शाम मैं अपने कमरे में सोने के लिए जल्दी चली गयी, कहा कि पढ़ना है, और फिर रात एक बजे तक मैं क्लारा ब्राउन के ब्लाउज़ पर फ्रेंच नॉट के छोटे-छोटे फूल काढ़ती रही। काम ख़त्म करते-करते रात का एक बज गया। नींद से आँखें बन्द हुई जा रही थीं। गर्दन अकड़ गयी थी, पर काम करना था, सो पूरा किया।

सुबह आइलिन के दरवाज़ा खटखटाने से उठी। ब्रश करके जल्दी-जल्दी कपड़े बदले। नहायी भी नहीं। गाड़ी में आइलिन ने एक लिफ़ाफ़ा पकड़ा दिया। खोलकर देखा, चार सौ डॉलर थे।

"यह क्या?"

"महज़ कुछ रुपयों के लिए अपनी आँखें फोड़ने की ज़रूरत नहीं। यूँ ही तुम काफ़ी मेहनत कर रही हो, और सुनो, वह मरील की बच्ची आज तुम्हें बड़ा सब्ज़ बाग़ दिखायेगी। कह देना कि डिप्लोमा लेकर मुझे अपने देश जाना है। पौधा अपनी ही ज़मीन पर उगता है।"

"लेकिन, आइलिन, तुम्हारे पैसे?"

"क्यों? तुमको मैं इतनी ग़रीब लगी?"

"नहीं, यह बात नहीं लेकिन ऐसे!"

"तुम्हारे स्वाभिमान को ठेस पहुँचेगी। अच्छा, एक काम करो! पेपे के गले के कॉलर पर कढ़ाई कर दो। तुम्हारी याद हम लोगों के पास रहेगी।"

"आइलिन!"

"क्या है? मेरे पेपे के लिए इतनी भी ममता नहीं? क्या कढ़ाई का ब्लाउज़ केवल क्लारा ब्राउन या मिसेज़ डी. पहन सकती हैं?"

"नहीं, आइलिन, ऐसी बात मत कहो। पेपे के लिए तो मैं यूँ ही बना दूँगी।"

"देख, लड़की! रुपये रख ले; और जाकर उस धनपिशाचिन मरील से कह देना कि आठ इंच की बेल्ट की कढ़ाई के लिए आइलिन मुझे चार सौ डॉलर दे रही है, तुम कितना दोगी?"

मिसेज़ डी. के घर के सामने गाड़ी रुकी। उतरते-उतरते आइलिन ने फिर अपनी बात दोहरायी। मैं हतप्रभ थी। मैंने हाथ का लिफ़ाफ़ा पर्स में रखा और

धीरे-से बटन दबाया। गेट पर मरील थी। देखते ही पूछा, "क्या हुआ तुम्हें? क्या क्लारा ब्राउन का ब्लाउज़ बिगड़ गया?"

"नहीं।"

"तब?... अरे, कुछ बोलो तो?"

"मन नहीं कर कहा। आज का काम बता दो।"

"पहले ब्लाउज़ दिखाओ। तुमने कैसी कढ़ाई की? ओ, ग्रेट! तुम रोज़ चालीस डॉलर कमा सकती हो।"

"मुझसे नहीं होगा।"

"क्यों?...और पैसे चाहिए?"

"नहीं, कह दिया न, मुझसे नहीं होगा।"

"ठीक है, मत करो। मेरी बला से। यह लो, इन सारी पैंट्स की नीचे की सिलाई खोल डालो। मोहरी टाइट करनी हैं।"

उस दिन पहली बार मुझे घर जाने की जल्दी थी। रास्ते में एक 'शॉपिंग माल' में उतरकर हम लोगों ने रेशम, ऊन, काला साटिन का फीता आदि ख़रीदा। एक कढ़ाई के नमूने की किताब ख़रीदी। घर आते ही मैं काम में जुट गयी। रात दो बजे तक कढ़ाई करती रही, फिर भी बाक़ी था। नीचे से आइलिन ने डाँटा, "सो जाओ!"

"तुम क्यों नहीं सोतीं?"

"मेरे बिस्तर में पेपे सो रहा है।"

मेरी आँखों में नींद कहाँ? सुबह चार बजे जाकर काम ख़त्म हुआ। नींद से बोझिल आँखें। मन किया सो लूँ, फिर न जाने क्या सोचकर किचिन में चाय बनाने चली गयी। आइलिन के लिए भी बनायी। आइलिन झूले पर बैठी हुई हौले-हौले झूल रही थी। शायद कुछ गुनगुना रही थी। मैंने चाय का मग थमाया और दूसरे हाथ से पेपे का कॉलर। जब मैं अपनी चाय का मग लेकर लौटी, तब देखा, आइलिन भोर के धुँधलके में हाथ में कॉलर लिए एकटक देखे जा रही है। मैंने डरते हुए पूछा, "आइलिन, अच्छा नहीं लगा?"

"नहीं, मेरी बच्ची! तुम्हारी यह याद मेरे पास रहेगी। इसको आज मरील को दिखाना और पूछना, इसके कितने पैसे देगी।"

"इसकी ज़रूरत है?"

"हाँ, है।"

उसकी 'हाँ' में आदेश था। कॉलर को मरील को दिखाया। चहककर बोली, "ओ, ग्रेट! फैंटास्टिक! इसके तुमको क्लारा ब्राउन सौ डॉलर दे देगी।"

"मरील, यह कॉलर तो आइलिन ने अपने कुत्ते के लिए चार सौ डॉलर में बनवाया है।"

"वह डायन! चुड़ैल! मेरा सारा बिज़नेस बिगाड़ेगी। प्रभा, मुझे तुमसे यह आशा नहीं थी।"

मैं चुप थी और सर झुकाये तुरपाई कर रही थी। जवाब देने का मन नहीं किया। उस दिन शाम को मिसेज़ डी. ने फ़ोन किया। कहा, "कल शनिवार को ठीक से तैयार रहना। एक बड़ी पार्टी में ले जाऊँगी।"

मैं जब साड़ी पहनकर, झुमका लटकाकर उतरी, तो आइलिन ने माथा चूम लिया, "आज तो तुम बिल्कुल प्रिंसेस लग रही हो।"

"आइलिन, मैं अपनी नज़र में बिल्कुल साधारण लग रही हूँ; और सुनो, ज़िन्दगी ने मुझसे सिंड्रेला के सपने छीन लिए हैं।"

वह दोनों हाथों से मुझे थामे स्थिर मेरी आँखों में कुछ क्षण झाँकती रही, फिर कहा, "जीसस तुम्हें सुखी रखे! चलो, तुम्हें मिसेज़ डी. के घर छोड़ आती हूँ।"

गेट पर डॉक्टर डी. चहलकदमी करते हुए मिले। मिसेज़ डी. ड्राइंग रूम में बैठी थीं। मुझे देखते ही बोलीं, "आइलिन को कितना भी समझाओ, आख़िर पाँच मिनट देर करा ही दी। इतने दिनों से उसे डॉक्टर डी. का स्वभाव समझ नहीं आया।" मेरा मन कचोट उठा। जी किया आइलिन के पास लौट जाऊँ। उसकी ममतालु आँखें ही तो पाँच मिनट तक मुझ पर ठहरी रही थीं।

क्लारा ब्राउन का घर। यूँ कहिए कि एक महल। पार्टी लॉन में थी। कितने लोग होंगे, पता नहीं! मिसेज़ डी. मेरे साथ थीं। जगह-जगह रुक-रुक कर, "हैलो! हाय!... हाँ।, भारत से।... साड़ी कितनी ख़ूबसूरत है!" आदि-आदि चलता रहा। डॉक्टर डी. भीड़ में अलग खो गये थे।

मिसेज डी. ने मुझे एक कोने में बैठाकर कहा, "तुम यहीं रहना। मैं ज़रा डॉक्टर डी. को खोजकर आ रही हूँ।"

उस पूरे माहौल का एक संक्षिप्त वर्णन काफ़ी होगा। वह इन्द्रपुरी थी और क्लारा ब्राउन पीच पिंक गाउन में जगमगाती हुई। उसे क्या कहूँ रम्भा, मेनका या उर्वशी?

अचानक बैण्ड ने स्वर बदल दिया। वॉल्ज़ बज रहा था। जोड़े थिरकने लगे। कुछ लोग बैठे भी थे। वे सभी पीने में मशगूल थे। दो-एक जगह दो-चार औरतों का झुण्ड गुटर-गूँ करता नज़र आया। न मैं सिंड्रेला थी, न वहाँ कोई राजकुमार ही मिला। एक सत्तर वर्ष का बूढ़ा नशे मैं धुत आकर पूछने लगा, "भारत के किस हिस्से और कहाँ से आयी हो तुम? द्वितीय विश्वयुद्ध के समय मैं कलकत्ता में सेना में सर्जन था।"

"मैं कलकत्ता से ही आयी हूँ।"

बुड्ढे ने काफ़ी शराब पी रखी थी। नाच के लिए हाथ बढ़ाया। मैंने कहा, "माफ़ कीजिएगा, मुझे नाचना नहीं आता।" बुड्ढा चला गया।

तब तक एक और सज्जन आये, नाच के लिए। मैंने कहा, "नहीं, मुझे नाचना नहीं आता।"

"अरे, नाचना! इसमें नहीं आने की क्या बात है? चलो-चलो, मैं सिखाता हूँ।"

"नहीं, मेरी होस्ट ने मुझे यहीं रुकने को कहा है।"

"मिसेज़ डी. ने ही ना? उन्होंने ही तो मुझे भेजा है। उठो-उठो, मैं सिखा रहा हूँ। यह देखो, पहले दाहिना पैर उठाओ। हाँ, पीछे ले जाओ, वापस उसी जगह। हाँ, अब फिर बायाँ पीछे। एक-वापस उसी जगह, दो-दाहिना, तीन-चुटकी बजाकर।" उसने कहा, "यह देखो, मेरा हाथ पकड़ो! एक-दो, एक-दो, तीन-चा... चा... चा... चा... चा... आया ना! गुड, वेरी गुड...। कम ऑन, लेट्स डांस, यंग लेडी! शरमाओ मत। हमें दुख होगा कि तुम पार्टी में अकेली बैठी रहो।"

वह नाचता जा रहा था और बोले चले जा रहा था। वॉल्ज़ की धुन फिर बजने लगी। संस्कारी मन डर गया। पता नहीं कहीं ऐसी-वैसी हरकत कर बैठे। मैं रुक गयी। बहुत थक गयी हूँ। उस बेचारे को साथ बैठना पड़ा। अपना नाम उसने बताया, 'लॉरेन्स जर्मनर्ज हेसे'; जर्मन यहूदी था। द्वितीय विश्वयुद्ध के समय यहाँ आकर बस गया। सब साथी मारे गये थे। किसी तरह बच-बचाकर यहाँ आ पाया था। पॉकेट में कुछ नहीं था। आज इसके पास पेट्रोल के बड़े-बड़े कुएँ हैं। अमेरिका! द ग्रेट अमेरिका! यहाँ आदमी आसमान की ऊँचाइयों को छू सकता है। वह बहुत बोल रहा था। उसकी आधी बातें समझ में नहीं आ रही थीं। जो कुछ भी पल्ले पड़ा, उससे यह समझ में आया कि यह लॉस एंजेल्स की विशिष्टता का प्रतीक है। कुछ लोग इस पार्टी के लिए ही न्यूयॉर्क, बोस्टन, शिकागो, टेक्सास आदि से आये हैं।

सच बात तो यह है कि कॉलेज से पढ़कर निकली हुई मैं इन बड़ी-बड़ी बातों से बिल्कुल अनभिज्ञ थी। पैसा क्या होता है? पैसेवालों के चोंचले! यह महल! दबी ज़बान इसके-उसके बारे में चर्चा। मेरी ज़िन्दगी की वह पहली पार्टी थी, जहाँ मैंने सुरा, सुन्दरी और पानी की तरह बहाया जाता हुआ पैसा देखा, पर जिसने कभी हीरा न देखा हो, उसके सामने आप हीरे के कितने भी कोण बनाते रहें, उसे एक चमकदार टुकड़े के अलावा कुछ और नहीं लगेगा।

मिसेज़ डी. ने आकर कहा, "क्लारा ब्राउन के गले में जो हार है, उसकी क़ीमत पाँच करोड़ रुपये है।"

क्लारा की मक्खन-सी त्वचा मेरा ध्यान ज़्यादा आकर्षित कर रही थी। लॉरेन्स मिसेज़ डी. के साथ। क्लारा डॉक्टर डी. की बाँहों में खिल उठी थी।

मिसेज़ डी. मुस्कराने के सारे प्रयासों के बावजूद लॉरेन्स की बाँहों में रोती हुई-सी लगीं। रात के दो बज गये। लोग लौटने लगे थे। मुझे आइलिन बुरी तरह याद आ रही थी। अचानक मरील देखी। ट्रे में कुछ खाने-पीने का सामान उठाये हुए। मैं दौड़ी उसकी ओर, "हाय, मरील!"

उसने दबी आवाज़ में कहा, "तुम जाओ, तो यहाँ से। क्लारा देख लेगी, तो कयामत हो जायेगी।"

"क्या?"

"तुम मिसेज़ डी. की... जाओ!" कहती हुई मरील तेज़ी से घूमकर दूसरी ओर चल दी। मैं स्तब्ध-सी वहीं खड़ी सोच रही थी।

छपाक की आवाज़ हुई, यानी पानी में कोई गिरा और पूरा बगीचा तालियों की गड़गड़ाहट से गूँज उठा। क्या हुआ? किससे पूछूँ? तब तक मिसेज़ डी. आ गयीं। चेहरा तमतमाया हुआ था।

"चलो, घर चलते हैं।" पीछे-पीछे लॉरेन्स था।

"एलिज़ा! एलिज़ा! बैलेंस मत खोओ। कल सारे सर्किल में इसी बात की चर्चा होगी।"

"नहीं, मैं नहीं रुकूँगी। बर्दाश्त की भी एक सीमा होती है। चलो, प्रभा...।" और तकरीबन वह मेरा हाथ खींचती हुई भीड़ से ठेलने लगीं। सारे लोग स्वीमिंग पूल की ओर जा रहे थे।

"क्या हुआ, मिसेज़ डी?"

"तुम्हें जानने की कोई ज़रूरत नहीं।" मिसेज़ डी. ने कहा, "प्रभा, ज़्यादा पंचायत मत करो।"

मैंने फिर कहीं जोड़-घटाव में ग़लती कर दी।

दूसरे दिन रविवार था। उठते-उठते आठ बज गये। नीचे आयी, तो देखा, आइलिन मानो मेरी प्रतीक्षा कर रही थी। मुझे देखते ही बोली, "चाय बनाकर ले आओ और ज़रा आराम से सारी बातें सुनाओ।"

आइलिन को मैं स्वीमिंग पूल के बारे में बताने लगी।

"अरे नाच और शराब की मदहोशी में दोस्त लोग अचानक प्रेमी-प्रेमिका को स्वीमिंग पूल में ढकेल देते हैं।"

"क्यों?"

"ताकि वे पानी में नंगे हो सकें।"

"तो क्या क्लारा ब्राउन और डॉक्टर...?"

"और नहीं तो क्या, मूर्ख लड़की!"

"इसीलिए मिसेज़ डी. का मूड इतना बिगड़ा हुआ था।"

"बात ही मूड बिगड़ने की है। बेचारी मिसेज़ डी.! कैसे अपनी शादी बचायेगी?"

"यानी डॉक्टर डी. तलाक़ देंगे?"

"वह नहीं देंगे। मिसेज़ डी. कब तक सहन करती रहेंगी?"

"मिसेज़ डी. क्यों सहन कर रही हैं?"

"नहीं करेंगी, तो क्या करेंगी? जायेंगी कहाँ?"

"क्या बोल रही हो? उनके पास जाने की जगह नहीं है?"

"औरत जब अपना दिल एक खूँटे से बाँध देती है, तब सारी ज़िन्दगी रोती है, सारी ज़िन्दगी।"

"तुमने भी?"

"नहीं, मैं बहने में विश्वास करती हूँ। मेरा इस तरह ताने देने, रोने-धोने से विश्वास उठ गया है।"

"अरे-अरे, आइलिन, इतनी सारी व्याख्या मत करो। बेचारी मिसेज़ डी.! मैं तो सोचती थी कि यह सब कुछ भारत में ही घटता है।"

"अरे, नहीं, माय हनी! माय डियर! औरत कहाँ नहीं रोती और कब नहीं रोती! वह जितना भी रोती है, उतनी ही औरत होती जाती है।"

"अच्छा, कुछ खाने को दोगी? बड़ी ज़ोर से भूख लगी है।"

"अरे, वहाँ कुछ खाया नहीं?"

"मुझसे भीड़ में खाया नहीं जाता और वहाँ ज़्यादा तो ड्रिंक्स ही सर्व किये जा रहे थे।"

"मरील दिखी?"

"हाँ, वह मुझसे बोली कि यहाँ बात मत करो, क्लारा ब्राउन को पता चल जायेगा।"

"तो नौकरी चली जायेगी? कुतिया कहीं की! तो फिर ऐसा काम करती क्यों हो? चुड़ैल कहीं की!"

“क्या सुबह-सुबह गाली बक रही हो?”

“गाली नहीं बकूँ, तो उसके लिए चर्च में जाकर प्रार्थना करूँ?”

“आइलिन, आज मैं कहीं नहीं जाना चाहती। बस, चुपचाप ऊपर रहना चाहती हूँ।”

“यह कैसे सम्भव है! चलो, तुम्हें घुमाकर लाऊँ। फारमर्स मार्केट चलेंगे। तुम्हें पित्जा खिलाऊँगी।”

“वह क्या चीज़ होती है?”

“इटालियन डिश है। तुम्हें अच्छी लगेगी, लेकिन पहले मेरे घर के काम में मदद करो। सारे बर्तन साफ़ करने हैं।”

“आइलिन, आज खाना मैं बनाऊँगी। एक दिन मेरे हाथ का खाकर देख लो।”

“यानी बर्तन मैं साफ़ करूँ? मैं कुछ नहीं कर सकती। आज रोज़र का फ़ोन आयेगा। जा रही हूँ। पहले नहाऊँगी। बढ़िया कपड़े पहनूँगी, फिर उसके फ़ोन की प्रतीक्षा।”

ख़ैर, आइलिन से कोई पार क्या पाये? सब कुछ करना पड़ा। काम ख़त्म करते-करते दो बज गये। कमर अकड़ गयी। अजीब देश है, यहाँ कमबख़्त कोई बैठता नहीं!

“आइलिन, मुझे नींद आ रही है। मैं सोने चली।”

“रोज़र का फ़ोन नहीं आया।”

“अरे, तो कौन-सा वह रोज़ तुमको फ़ोन करता है? पिछले बीस दिनों में उसने दो बार ही फ़ोन किया।”

“क्या करे बेचारा? इतना व्यस्त रहता है!”

“यह क्यों नहीं कहतीं कि तुम्हीं उसके गले पड़ी हो?” कहते-कहते ज्यों ही मैंने आइलिन की ओर देखा, लगा भारी ग़लती हो गयी। पके फोड़े को मैंने छेड़ दिया था।

“मैं गले पड़ी हूँ ना? मेरा ही प्यार बिकाऊ है। सबके लिए मुझे ही करना है। वह रोज़र हो, मिसेज़ डी. हो, पेपे हो या तुम हो। ठीक है। मुझे किसी की परवाह नहीं।”

अब जो उसकी बड़बड़ाहट चालू हुई, वह शाम के छह बजे जाकर रुकी। टी. वी. पर जेन ऑस्टिन की कोई फ़िल्म आ रही थी। आइलिन को रोमांटिक फ़िल्में बहुत अच्छी लगती थीं। नायिका जब रोती, तब आइलिन भी सिसकती। वह स्वयं नायिका हो जाती। उसके हाव-भाव देखने लायक होते।

दिन बीत रहे थे। एक दिन मरील दो स्कर्ट-ब्लाउज़ मेरे लिए ले आयी। बोली, ''यह सलवार-कुर्ता छोड़ो और स्कर्ट पहनो।''

''कहाँ से लेकर आयी इतने महँगे?''

''क्लारा ब्राउन का स्टॉक बिक रहा था।''

''माने उसके पहने हुए कपड़े?''

''अरे, नहीं, ख़रीदकर रख देती है, फिर भूल जाती है। दुबारा वही चीज़ ख़रीद लाती है, फिर आजकल क्लारा ब्राउन का नया प्रेमी उसे केवल सफ़ेद और काले सूट में देखना चाहता है।''

''कौन है नया प्रेमी?''

''कोई भी हो, तुम्हें मतलब?''

''चलो, बेचारी मिसेज़ डी. का पिण्ड छूटा।''

''अरे नहीं, डॉक्टर डी. तो रहेंगे ही, इसके अलावा।''

''मरील, यह कैसा चरित्र?''

''मुझे पता नहीं। स्कर्ट-ब्लाउज़ पहनकर ज़रा दिखाओ तो देखूँ, कैसी लगती हो।''

उसे पहनकर मैं हेल्थ क्लब गयी। इरीना ने कहा, ''तुम यही पहना करो। हमारे कस्टमर को भरोसा रहता है कि एक काम करने वाली लड़की है।''

मैं स्कर्ट पहने इठला रही थी। अचानक इरीना ने आकर कहा, ''ऐ, प्रभा, ग्रेटा गारबो आयी है और मैं बेहद व्यस्त हूँ। तुम ज़रा फ़ेशियल कर दो।''

''ग्रेटा गारबो?''

''तुम ग्रेटा गारबो को नहीं जानतीं? तुमने अंग्रेज़ी की फ़िल्में नहीं देखीं? बहुत ख़ूब!''

“मेरी माँ पिक्चर नहीं देखने देती थीं।”

“तब तुम मत जाओ। गारबो ख़ुश नहीं होगी। वह ज़रूर अपनी फ़िल्म की बातें करेगी और तुम चुप रहोगी।”

“तब कौन जायेगा?”

“मैं कर देती हूँ। हाँ, जब उसके मुँह पर पैक लगाऊँ, तब तुम खड़ी हो जाना।”

इरीना सधे हुए हाथों से ग्रेटा गारबो के फ़ेस पर मालिश कर रही थी। मैं एक-एक कर सामान पकड़ाती जा रही थी। इरीना ने कहा, “किचिन में आधा कटा हुआ तरबूज है। लेकर आओ और एक चाकू।”

इरीना ने तरबूज के आँख, नाक काटे, भीतर से थोड़ा-सा गूदा निकाला और ग्रेटा गारबो के चेहरे पर रख दिया। मुझे ज़ोरों से हँसी आ गयी। कितना भी रोकूँ, रुके ही नहीं। इरीना ने जलती आँखों से मेरी ओर देखा। इशारे से पास बुलाया और कहा, “पकड़कर खड़ी होओ!” इरीना चलती बनी। ग्रेटा के मुँह पर आधा घण्टे तक तरबूज पकड़े मैं खड़ी रही। वह कुछ बोली ही नहीं, न हटाने के लिए और न ही कुछ करने के लिए। मैने पीछे झाँक कर देखा, तो इरीना का पता ही नहीं। क्या करूँ? फिर तरबूज हटाया। देखा, गारबो सो गयी है। मैं चुपचाप खड़ी रही। आधे घण्टे बाद उसने आँखें खोली। चेहरे पर हाथ फेरा और कहा, “आह! आज बहुत दिनों बाद सो पायी। गुड, वेरी गुड!”

वह उठी। उसने मेरे हाथ में पचास डॉलर का टिप पकड़ाया और चलती बनी। पचास डॉलर और वह भी टिप! मैंने जाकर डॉलर इरीना को पकड़ा दिये। इरीना बोली, “नहीं, तुम रख लो।”

“नहीं, मैं टिप नहीं ले सकती।”

पता नहीं क्यों आँखें छलछला आयीं। मन उदास हो गया। आइलिन ने गाड़ी में पहला प्रश्न पूछा, “यह स्कर्ट-ब्लाउज़ क्यों पहना?”

“मरील ने लाकर दिया और इरीना भी इसका समर्थन कर रही थी। आइलिन, आज ग्रेटा गारबो को मैंने फ़ेशियल दिया। उसने पचास डॉलर का टिप दिया।”

"और तुमने स्वीकार लिया? तुमने भीख स्वीकार ली, क्योंकि एक ग़रीब देश की हो।"

"नहीं, आइलिन, मैंने डॉलर इरीना को वापस दे दिये।"

"अच्छा किया। सुनो, इस तरह अपना आत्मसम्मान नहीं बेचा करते।"

मैं सारे रास्ते चुप थी। दिन बीत रहे थे। क्रिसमस का त्योहार करीब आ रहा था। मेरा कोर्स भी ख़त्म हो चला था। पच्चीस दिसम्बर को आइलिन और मैं चर्च गये। मिसेज़ डी. ने उपहार में मुझे एक क़ीमती ब्यूटी मशीन भेजी। यह भी तो दान था।

मैंने अपनी सोने की चेन पत्थरों के लॉकेट सहित बेच दी। बदले में दो सौ पचास डॉलर मिले। दो सौ पचास डॉलर में ब्यूटी क्लीनिक का सामान ख़रीदा। घर लौटने के दिन क़रीब आ रहे थे।

"आइलिन, हम लोग इकतीस दिसम्बर को क्या करेंगे? मिसेज़ डी. पार्टी में चलने को कह रही थीं।"

"तुम मुझे छोड़कर नहीं जा सकतीं।"

"मिसेज डी. से क्या कहूँ?"

"वही जो मैंने कहा।"

सुनकर मिसेज़ डी. मुस्करायीं, फिर फ़ोन पर बोलीं, "आइलिन दिन-पर-दिन कमज़ोर होती जा रही है।"

वह इकतीस दिसम्बर की सुबह थी। आइलिन मुझे लेकर डिज़्नीलैंड गयी। मिसेज़ डी. के साथ मेरा क्लारा ब्राउन के पास जाना उसे ज़रा भी नहीं सुहाया। उसके बाद से वह उखड़ी हुई थी। वह मुझसे नाराज हो गयी, क्योंकि इन दिनों मरील के कहने से मैंने स्कर्ट-ब्लाउज़ पहनना शुरू कर दिया था। हेल्थ क्लब में इरीना के अलावा एक और मैक्सिकन लड़की थी, जिसका नाम ट्रेसी था। पता नहीं क्यों ट्रेसी और मैं दोनों ही अपने को इस अमीर वातावरण में सर्वहारा पाते। आने वाली करोड़पति और अरबपति औरतों के नखरे। कमर को एक इंच घटाने का सवाल ही नहीं उठता था। लंच में वह सड़क पार करके सैंडविच खाने जाती। दो घण्टे बाद फिर वहीं। मोड़ पर आइसक्रीम पार्लर था। उसको हर दो घण्टे में कुछ-न-कुछ खाने को चाहिए था। वह क़ैफ़े में कहती, "जाओ, तुम सब बकरियाँ घास चरने जाओ, मैं तो बर्गर खाऊँगी।"

हँसोड़ स्वभाव की मोटी गुदाज ट्रेसी मेरे साथ-साथ घूमती रहती। ज़बान की तेज़ थी। इरीना यदि अपना काम मुझ पर ज़्यादा थोपती, तो ट्रेसी की नज़र बचाकर। टिप के पैसे पता नहीं क्यों मैं ले ही नहीं पाती। जो मिलता इरीना के हाथ में रख देती। इसका एक अच्छा नतीजा यह था कि ब्यूटी पार्लर के व्यापारिक ट्रिक, रहस्य और प्रबन्धीकरण का व्यावहारिक पक्ष वह मुझे ज़्यादा खुलकर समझाती।

आज जब सोचती हूँ तो लगता है कि इरीना ने मुझे जितना समझाया और बताया और वह भी जितने कम समय में, मेरे लिए भविष्य में हितकर हुआ।

इरीना हमेशा कहा करती, "प्रभा, यदि रह जाओ तो हम लोग अच्छा-सा पार्लर खोलेंगे।"

मरील कहती, "बुटीक खोलेंगे।"

मिसेज़ डी. बच्ची की तरह ख़याल रखतीं, मगर एक आइलिन थी, जो मेरे जाने के दिन गिनती। यह भी कोई देश है रहने के लिए? यहाँ किसी में दिल नाम की चीज़ भी है? खाली पैसा! हर मिनट डॉलर! हर साँस की गिनती में डॉलर की झलक। आइलिन कहती, "मुझे तो द्वितीय महायुद्ध में जर्मनी से भागकर आना पड़ा। यहूदी थी, पर क्या दुनिया के सारे यहूदी शाइलाक होते हैं?" आइलिन कोशर मीट खाती। अतः मेरे खाने-पीने का रीति-रिवाज उसे अच्छा लगता।

मैं अलग हूँ। अपना धर्म नहीं भूली। देश की, घर की याद आती है। आइलिन की नज़र में मेरी इन बातों का महत्त्व था।

"क्लारा ब्राउन देखने में कैसी लगी?"

"बहुत भव्य।"

"मरील के साथ रह-रहकर तुम्हारी नज़र भी बिगड़ गयी। सुन, प्रभा, नौ दर्ज़ी एक सितारे को बनाते हैं। हमारी मिसेज़ डी. क्या कम सुन्दर हैं? पर डॉक्टर डी. की ताबेदारी में परेशान रहती हैं।"

दिन गुज़रते जा रहे थे। ट्रेसी के साथ कभी-कभी शाम को बाहर चली जाती। दो-चार अच्छी फ़िल्में देखीं। एक रविवार को मरीन लैंड हो आयी। शनिवार को ट्रेसी की कम्पनी मिल जाया करती। आइलिन रोज़र के फ़ोन का इन्तज़ार करती; और इस इन्तज़ार की भी ऐसी तैयारी कि क्या बताऊँ?

मैं या तो स्वीमिंग पूल के किनारे के झूले में झूलती रहती या फिर अपने कमरे में बन्द। रोज़र के बारे में कौन उसकी बक-बक सुने! हाँ, उसका संवाद जारी रहता पेपे से।

"पेपे, फ़ोन के पास बैठो! घण्टी बजते ही भौंकना। मैं ज़रा नहा लूँ। प्रभा, यह ड्रेस देख रही हो ना, मेरे पहले पति जॉन ने दी थी।" आइलिन की यह हरे रंग की मखमली पोशाक, ऊपर-नीचे टखनों तक लटकी हुई घघरिया जैसा स्कर्ट, चारों ओर ब्लाउज़ में झूलती हुई झालर।

एक दिन मुझसे नहीं रहा गया। पूछ बैठी, आइलिन, रोज़र के फ़ोन के इन्तज़ार में अपनी पहली शादी की पोशाक क्यों पहनती हो?"

"मैं कोई रोज़र को प्यार करती हूँ? अरे, वह तो जॉन को भूलने का बहाना है।" फिर पकड़कर मुझे अपने कमरे में ले गयी। कोने वाली अलमारी खोली।

"देखो, यह मेरी शादी का सफ़ेद गाउन, अब भी कैसे जतन से रख छोड़ा है। मेरी बहुत इच्छा थी कि एक बेटी होती। उसको मैं यही गाउन पहनाती, पर देखो बेटा हुआ। वह भी वियतनाम जाकर मारा गया। जीसू ने कम दुःख दिये हैं!"

"आइलिन, तुम्हें अपने बिस्तर पर यह पेपे कैसे सुहाता है?"

"मेरा बेटा है।" आइलिन ने तैयार होना शुरू किया।

"देखो, यह सेंट है ना, मेरे दूसरे पति ने दिया था।"

"आइलिन, तुम हर समय पहले पति, दूसरे पति, एक नम्बर प्रेमी से लेकर पाँचवें नम्बर तक की गिनती करती हो और जब कोई दूसरा करे, तो..."

"देखो, मेरी नैतिकता का उसूल बिल्कुल व्यक्तिगत है। मैं तुमसे प्यार करती हूँ ना! अब तुम जो भी करो, सब बर्दाश्त है।"

"यानी क्लारा ब्राउन के बदले मिसेज़ डी!"

"हो-हो-हो!" उसका हँसना देखने लायक था, "अरे, यह तो मैं रोज़ मिसेज़ डी. को समझाती हूँ," फिर अचानक संजीदा होकर बोली, "अच्छा, यह बताओ, तुम भारत वापस कब जाओगी?"

"तुमको मैं बोझ लगती हूँ?"

"नहीं, पर यह जगह रहने लायक नहीं। अच्छा कल इकतीस दिसम्बर है, साल का आख़िरी दिन। हम लोग नया साल साथ-साथ मनायेंगे।"

"ट्रेसी कह रही थी कि वह मुझे डिजनीलैंड ले जायेगी। उसका दोस्त बाब भी जायेगा।"

"देख, लड़की! यह सब चक्कर मुझे अच्छे नहीं लगते। तुम्हें डिजनीलैंड देखना है ना? चलो हम-तुम चलेंगे, फिर शाम को फारमर्स मार्केट में पास्ता खायेंगे और घर लौटेंगे।"

"तुम्हारी तबीयत ठीक है?"

"किसने कहा मेरी तबीयत ठीक नहीं रहती? उस चुड़ैल मरील ने कहा था न?"

"नहीं, मिसेज़ डी. पूछ रही थीं कि आइलिन खाना-वाना ठीक से खाती है ना?"

"मिसेज डी. पूछ रही थीं?" उसका चेहरा खिल उठा।

"तुमने क्या जवाब दिया?"

"मैंने कहा आइलिन सोती नहीं।"

"ऐसा क्यों कहा?"

"ऐसे ही। जो मैं देखती हूँ, वही कहूँगी ना!"

उस रात और एक नज़ारा हुआ। रात को नींद में लगा, कोई पूल के पास गा रहा है। खिड़की से झाँककर देखा, आइलिन का सर पानी के ऊपर दिखा। इतनी रात को! मैं नाइटी में ही नीचे गयी।

"आइलिन, यह क्या हो रहा है, इतनी ठण्ड में; और वह भी रात को तैरना! तुम्हारा दिमाग़ तो ख़राब नहीं हो गया?"

"अरे लड़की! तू क्या समझेगी इन बातों को?"

मैंने धीमे-से कहा, "अच्छा बाहर आओ!"

आइलिन निकली। एक नंगी-सूखी बुढ़िया का शरीर, धीरे-धीरे पानी से बाहर निकल रहा था।

"आइलिन!" मैं लगभग चीख़ उठी, "यह क्या हो रहा है नंगी?"

आइलिन सीधे आकर मेरे सामने खड़ी हो गयी, और दबे गले से लावा फूटा, "क्यों, मैं अपने पूल में नंगी नहीं तैर सकती? क्लारा ब्राउन तैर सकती है। क्या सारे ज़माने की ख़ूबसूरती उसके शरीर में है?

मेरा शरीर देखो, क्या है। क्या ख़राबी है इसमें? स्तन लटक गये हैं? चमड़ी में झुर्रियाँ पड़ी हुई हैं? बुढ़िया नंगी नहीं हो सकती? क्यों नहीं हो सकती? जीने का सारा अधिकार क्या क्लारा ब्राउन ने ले रखा है?'' वह मेरे कन्धों को पकड़कर और क़रीब खड़ी हुई।

शर्म और जुगुप्सा। हाँ, जुगुप्सा के अलावा उसके पागलपन से क्या मिलता? आधी रात को क्या हो गया है इस औरत को? कल ही मिसेज़ डी. से कहूँगी। मैं यहाँ नहीं रह सकती, बिल्कुल नहीं।

''वह तौलिया दो।'' बड़ा ठण्डा हुआ स्वर था आइलिन का। मैंने तौलिया उठाकर उसके चारों ओर लपेट दिया।

''आइलिन चलो, अन्दर चलो! ऐसा करो, अगर तुम्हारा मन दुःखी हो रहा है, तो रोज़र को फ़ोन कर लो।''

वह हरामज़ादा इस वक़्त बीवी की कोख में घुसा होगा। सोचा मैंने।

''आइलिन, तुम्हें ब्रांडी दूँ?''

''नहीं? धीरे बोलो, पेपे जाग जायेगा।'' आइलिन का आत्मालाप जारी था।

''क्यों, मेरा शरीर धूप की गरमी नहीं चाहता? उसे नंगे तैरने का अधिकार नहीं है? जो अधिकार है, वह सब क्लारा ब्राउन जैसों को है?'' अब आइलिन ने सुबकना शुरू कर दिया।

''प्रभा, मिसेज़ डी. को कोई समझा सकता, मुखौटा लगाकर नहीं हँसा जाता। सारी ज़िन्दगी उसके सामने पड़ी है। वह मेरी बेटी है, अपनी बेटी को तबाह होते कैसे देखूँ?''

''क्या चाहने से मन दूसरे में लग जाता है?''

''कोशिश, मेरी बच्ची, कोशिश करनी पड़ती है। हर नये चेहरे में पुरानी स्मृतियों को जिलाये रखना पड़ता है, पर व्यक्ति को बदलना पड़ता है।''

दूसरे दिन सुबह वह गुमसुम थी। बस गाड़ी में इतना-भर कहा, ''यदि तुझमें कोई इन्सानियत नाम की चीज़ है, तो इस बात का ज़िक्र मरील से न करना।'' मैं चुप रही; पर भीतर भय और त्रासदी के साथ।

यह बुढ़िया बिल्कुल पागल है। हे भगवान! क्या करूँ? बार-बार आँखें भर आती थीं। ट्रेसी ज़बर्दस्ती आइसक्रीम पार्लर ले गयी।

"क्या हुआ? घर की याद आ रही है? क्या करें, प्रभा, हम जैसों को ग़रीब देश से इन बड़े आदमियों के पैर रगड़ने आना पड़ता है। मैं भी घर की याद में रातों को रोती हूँ। मेरा बूढ़ा बाप अब काम नहीं कर सकता। मैं चाहती हूँ जल्दी-से-जल्दी पैसा कमाऊँ, ताकि डैड को यहाँ लाकर आराम से रख सकूँ।"

"मेरा मन करता है कि..." फिर मैंने होंठ भींच लिए।

"क्या मन करता है, प्रभा?"

"कुछ नहीं।" और मैं फूट पड़ी। ट्रेसी मेरे हाथों को अपने हाथों में लिए बैठी रही।

दूसरे दिन मरील मेरे लिए ढेर सारे स्कर्ट-ब्लाउज़ ले आयी। पता नहीं मुझे क्या हुआ उस समय, पर गुस्से में मैं एकदम थरथरा उठी। सारे कपड़ों का बण्डल मैंने उसके मुँह पर दे मारा, "तुम क्या सोचती हो मैं भिखमंगी हूँ? क्लारा ब्राउन के उतारे हुए कपड़े पहनूँगी? ग्रेटा गारबो से टिप लूँगी? मिसेज़ डी. की सेक्रेटरी की मेहरबानी पर पलूँगी? क्या समझा है तुम लोगों ने? रुपये का अवमूल्यन हो गया, विदेशी मुद्रा हमारे देश से नहीं आ पा रही, पर क्या मेरा कोई आत्मसम्मान नहीं है?"

मरील एक-एक कर कपड़े समेटती जा रही थी। उसने मिनट-भर के लिए स्थिर दृष्टि से मेरी ओर देखा, फिर बस इतना-भर कहा, "वह पागल बुढ़िया तुमको और न्युरॉटिक बना देगी। मुझे मिसेज़ डी. से नये साल के बाद बात करनी होगी।"

उस शाम मैं चुप थी। आइलिन ने बातें करने की कोशिश की। मैं अपने कमरे में बन्द थी। उसने मेरी पसन्द के आलू-मटर बनाये थे, पर मैं चुप थी।

इकतीस दिसम्बर को सुबह आइलिन ने सजना शुरू किया। उसने अपनी लटें अलग-अलग रंगों में रँगीं। दसों उँगलियों के नाख़ूनों में दस रंग की नेल पॉलिश। साथ में घूमने छोटा स्पैनियल जायेगा। टॉमी के भी बाल रँगे गये। तैयार होकर निकले तो आइलिन का नज़ारा देखने लायक था। सच में हँसी आ गयी। मिसेज़ डी. का फ़ोन आया। इकतीस दिसम्बर की रात को वह मुझे म्यूज़िक कॉन्सर्ट में साथ ले जाना चाह रही थीं।

मैंने ही मना कर दिया। फ़ोन रखते ही आइलिन बोली, "यह तुमने ठीक किया। क्या करतीं उन लोगों के बीच में? आदमी को अपने बराबर की कम्पनी रखनी चाहिए।"

"तब ट्रेसी?" कहते-कहते मैं घूँट पी गयी। कौन मुँह लगे? यूँ भी उस रात के बाद आइलिन रोज़ मुझे नयी-नयी जगह ले जा रही थी।

उस दिन डिज़नीलैंड में हम लोग सारा दिन घूमते रहे। वहीं खाना खाया, फिर आइलिन ने मुझे मेरी गो राउंड, रोलर कोस्टर, सबमैरिन सब पर बैठाया। वह काफ़ी थक गयी थी। थकान तो मुझे भी लग रही थी मगर वह दिन भी नहीं भूला जा सकता। ख़ासकर यदि कोई पहले-पहल इस मायापुरी को देखने जाये। रात को आठ बजे से पटाखों का शोर शुरू हुआ। मैंने अपनी ज़िन्दगी में ऐसी दीवाली नहीं देखी थी। घर लौटे। रात के ग्यारह बज गये थे। नींद आ रही थी, पर आइलिन ने कहा, "रात बारह बजे तक जागना है। नये साल का स्वागत करेंगे।"

उसने घर की सारी बत्तियाँ जला दीं। वह हलके गुलाबी साटिन की ड्रेस पहनकर आयी। काफ़ी पहले का लगा, ज़्यादा नहीं, थोड़ा-सा, फिर उसने रिकॉर्ड चलाया। कहा, "आओ, हम लोग नाचें।"

अजीब-सी वह रात थी। उन्नीस सौ अड़सठ का नया साल। दो पागलों की तरह हम लोग सारी रात ड्राइंग रूम में, ड्राइंग रूम से पूल के किनारे तक नाचते रहे। आइलिन नाचने और नचाने में माहिर थी। वह बोलती जा रही थी,..."मैं सारी ज़िन्दगी नाचती रही हूँ। मुझे नाचना बहुत अच्छा लगता है।... अच्छा उस दिन क्लारा ब्राउन की पार्टी में डॉक्टर डी. के साथ तुम नाची थीं?"

"नहीं आइलिन, अभी ख़ुशी के दिन क्लारा ब्राउन को क्यों याद कर रही हो?"

"मैं उसे थोड़े ही याद कर रही हूँ। मैं मिसेज़ डी. को याद कर रही हूँ। सोचती हूँ, आख़िर वह कब तक मुँह पर मुखौटा चढ़ाये नाचती-गाती रहेंगी?"

"आइलिन, वे तुमसे ज़्यादा समझदार हैं।"

"बिल्कुल ग़लत। ज़्यादा पैसा समझदारी को कम कर देता है। अच्छा ब्रांडी और देना तो।"

"तुमने बहुत पी ली है।"

"तो क्या हुआ? नये साल में ही तो पिऊँगी।"

"तुम पीओ। मुझे नींद आ रही है।"

"नहीं-नहीं, मेरी डार्लिंग। आज की रात सोने की नहीं होती।"

"तुम तो किसी भी दिन नहीं सोतीं।"

"मुझे सोने से डर लगता है, और पेपे कहाँ सोयेगा?"

"पता नहीं तुम भी अजीब हो, और वहाँ क्लीनिक में सारा दिन काम करती हो।"

"अरे, कहाँ काम करती हूँ! बस, डॉक्टर डी. और क्लारा ब्राउन की ख़बर तथा फ़ीस का ख़याल। बाक़ी समय टेबल पर सिर रखकर सो जाती हूँ।"

"कोई कुछ बोलता नहीं?"

"नहीं, मिसेज़ डी. कभी-कभी उठा देती हैं, बस, इतना-भर। चलो, अब आइसक्रीम खाकर आयें।"

"आइलिन, मैं एकदम थक गयी हूँ।"

"बाईस साल की जवान लड़की कहाँ से थक जाये! तुम्हें मरील प्रोटीन नहीं खिलाती, मुझे मिसेज़ डी. से बात करनी होगी। वह ज़रूर सारा दूध पी लेती होगी।"

"अरे, नहीं।"

"अच्छा, चलो तब। मैं अपने कुत्तों को ले लूँ।"

रात के ढाई बजे आइलिन और मैं, साथ में पेपे, कार्ला, जिमी और टॉमी। टॉमी एकदम थक गया था। आइलिन ने उसको गोद में ले रखा था। सड़क पर चहल-पहल थी। हर अजनबी 'हैप्पी न्यू ईयर' बोल रहा था। लोग शैम्पेन का फव्वारा छिड़क रहे थे। आइसक्रीम पार्लर पर भी रौनक थी। ज़्यादातर लोग अपने बच्चों के साथ थे। चार चॉकलेट-बाऱ कुत्तों के लिए। मैंने नटीस लिया, आइलिन ने मैनिला। कुत्तों को आइसक्रीम चटाकर लौटने में घण्टा-भर लग गया था। यूँ पहली तारीख़ की छुट्टी थी, पर डॉक्टर डी. के क्लीनिक में ओपन हाउस पार्टी दी जाती थी। सब पुराने पेशेंट, डॉक्टर, दोस्त आदि आते थे। आइलिन और मैं भी गयी।

वहाँ गेट में घुसते ही मरील दिखी। 'हैप्पी न्यू ईयर' बोलकर मुझसे लिपट गयी। आइलिन मुँह घुमाकर चली गयी। मरील ने कहा, "देखा ना बुढ़िया को! आज भी दुश्मनी।..."

"तुम्हीं कह दो।"

"अच्छा!"

तब तक मिसेज़ डी. आ गयीं। उन्होंने 'हैप्पी न्यू ईयर' कहकर मेरा माथा चूम लिया और हाथ में एक लाल पैकेट पकड़ा दिया, नये साल का उपहार। आइलिन मिसेज़ डी. को देखते ही लिपट गयी। डॉक्टर डी. को मुबारकबाद दिया, फिर जाकर अपनी मेज़ पर सिर रखकर सो गयी। लोग आते जा रहे थे। सब व्यस्त थे। मरील ने पूछा, "क्या किया रात को?"

"सच बताऊँ?"

"और नहीं तो क्या मुझसे झूठ बोलोगी?"

"हम लोग सारी रात नाचते रहे।"

"हम लोग! कौन-कौन था?"

"मैं और आइलिन..."

"उस खूसट बुढ़िया के अलावा तुम्हें और कोई नहीं मिला?"

"क्या करती! लेकिन सच में कल बहुत मज़ा आया।"

मिसेज़ डी. हड़बड़ाती हुई आयीं, "मरील, डॉक्टर डी. कहाँ हैं?"

"क्यों, क्या हुआ?"

"आइलिन की तबीयत..." कहते-कहते मिसेज़ डी. ज़ोरों से सुबक पड़ीं। तब तक डाक्टर डी. बाहर रिसेप्शन पर दौड़े। हम सब भी। पूरा कमरा भरा हुआ।

"ओह! शी इज़ नो मोर।"

"आइलिन मर गयी। क्या हुआ? कैसे?"

"यह तो होना ही था। आइलिन को ल्यूकीमिया था। हम लोग जानते थे कि वह कभी भी ख़त्म हो सकती है।"

"आपको पता था और आपने मुझे बताया तक नहीं?"

"आइलिन की यही इच्छा थी। उसने जो तीन-चार महीने का समय निकाला, वह भी शायद तुम्हारे कारण। तुम्हें वह बेहद चाहती थी।"

"पर मिसेज़ डी?"

डॉक्टर डी. ने मेरे कन्धे पर हाथ रखकर कहा, "हम लोग मजबूर थे, प्रभा; और तुम भी उसके पास नहीं रहतीं। हाँ लगता है, कल रात को उसने ड्रिंक ज़्यादा कर लिया।"

"आइलिन!"

आइलिन नहीं रही। दो तारीख़ को उसे क़ब्रिस्तान ले जाया गया। सब लोग सिर झुकाये खड़े थे। अचानक पेपे आकर मेरे पैर से लिपट गया। मैं पेपे को अपने से सटाकर रो पड़ी, "पेपे, वह हम सबकी माँ थी।"

पेपे चुपचाप क़ब्र की कच्ची मिट्टी पर बैठ गया। किसी ने कुछ नहीं कहा। न ही किसी ने पेपे को हटाया। हम लोग लौट आये थे, पर पेपे की वे बड़ी-बड़ी आँखें! उसके आँसू कुछ न कहते हुए भी बहुत कुछ कह रहे थे।

आइलिन जा चुकी थी हमेशा के लिए। उसे जाना ही था। दूरदराज में कोई था भी नहीं, उसको याद करने वाला। निरन्तर रोती रहती थीं पेपे की एक जोड़ी नीली आँखें। पेपे क्लीनिक में आता और आइलिन की कुर्सी के पास चुपचाप बैठा रहता। मुझे देखकर धीरे-से आकर पैरों से लिपट जाता।

आह! जानवर में आदमी और आदमी में जानवर!

मिसेज़ डी. से मैंने पूछा था रोज़र के बारे में। पता चला रोज़र काफ़ी पहले आइलिन की ज़िन्दगी से चला गया था। जब पहले-पहल उसकी बीमारी का पता चला, तब रोज़र का पहला निर्णय था, उसकी ज़िन्दगी से निकल जाने का।

रोज़र आइलिन से दस साल छोटा था; और एक मरती हुई औरत के साथ साठ वर्ष का पुरुष! नहीं, रोज़र में मौत का सामना करने की हिम्मत नहीं थी? इसलिए वह शिकागो जाकर बस गया। उसके मन में आइलिन के प्रति इतना-भर दर्द था, या यूँ कहिए कि उतनी दया बची थी कि वह गाहे-बगाहे फ़ोन कर लेता, लेकिन आइलिन ने तो मुझसे कभी कुछ नहीं कहा था। आइलिन बीते सम्बन्धों को भी स्मृतियों में जिलाये रखती थी।

उसने कभी कहा था, "मैं अपने पहले पति का चेहरा हर पुरुष में खोजती रहती हूँ। किसी में उसकी आवाज़ पाती हूँ, कहीं उसकी दृष्टि, कहीं उसका स्पर्श। कोई बिल्कुल उस जैसा लगता है।" यह आइलिन के जीने का तरीक़ा था।

मुझे 'ब्यूटी थेरेपी' में डिप्लोमा मिल चुका था। पिछले पन्द्रह दिनों से मैं मरील के पास थी। मरील का बड़ा-सा फ़्लैट था। वह अलग बँगले में नहीं रहती थी, बल्कि अपार्टमेंट हाउस में रहना पसन्द करती थी। दो बेटियाँ नैन्सी और लारा। नैन्सी बाईस की थी, पढ़ने में बड़ी तेज़। वह फ़ेमिनिज़्म का नया दौर था। केट मिलेट, मार्गरेट मीड आदि बड़ी-बड़ी लेखिकाएँ अभी-अभी हाशिए पर उभर रही थीं। नैन्सी रात-दिन मोटे पोथे लिए बैठी रहती। जल्द ही छात्रवृत्ति मिलने पर हवाई चली जाने वाली थी, वहाँ के आदिवासियों पर शोध करने। शादी! नहीं, कभी नहीं, माँ की ज़िन्दगी दूसरों के लिए तलवे घिसने में बीत गयी। नैन्सी की नज़र में न मिसेज़ डी. का महत्त्व था, न क्लारा ब्राउन का, न उसके कपड़ों-गहनों का। औरत को आज़ादी मिलनी चाहिए। दूसरी ओर छोटी बेटी लारा, सोलह वर्ष की फूल-सी ख़ूबसूरत। बड़ी-बड़ी नीली आँखें। सुनहरे लम्बे बाल। गले में हाथ डाले बिना वह कभी पास बैठ ही नहीं सकती।

"आय लव यू प्रभा, यू, आर सो सिम्प़ल!"

लेकिन लारा हिप्पी कल्ट में विश्वास करती थी। वह हिप्पी थी। पैबन्द लगी ब्लू डेनिम की जीन, मद्रास चेक की मैली मुसी हुई कमीज़, बिखरे बाल। स्कूल की फ़ाइनल परीक्षा नहीं दी। पढ़ने का मक़सद ही क्या? क्या होगा रुपये कमाकर, यदि ज़िन्दगी में प्रेम न हो? वह लगाव चाहती थी और उसे ज़िन्दगी में लगाव नहीं मिल रहा था। माँ-बाप साथ क्यों नहीं रहते? नैन्सी और मरील की क्यों नहीं पटती? लारा सारे वैभव के बीच खोयी-खोयी मानो अभी-अभी आकाश से टूटा हुआ तारा ज़मीन पर झुलसता हुआ अपनी जगह खोज रहा हो। इतनी छोटी, इतनी मासूम लड़की और भीतर इतना खौलता हुआ लावा। मेरी गोद में मुँह छिपाकर रोती हुई कहती, "मुझे कोई प्यार नहीं करता, कोई नहीं।"

"नहीं, लारा, ऐसे मत रोओ।"

"म्मा को टाइम नहीं। काम और ब्वॉयफ्रेंड, नैन्सी और किताब..."

"लारा और... संगीत!" मैने उसका अधूरा वाक्य पूरा किया। रोती हुई आँखें संगीत के नाम से हँसने लगीं।

"तुम्हें क्या बीट सुनाऊँ?"

गिटार के स्वर फ़्लैट की दीवारों से टकराने लगे। लारा के चेहरे पर जैसे समाधि का भाव हो। मुझे बस इतना-भर समझ में आ रहा था कि मेरे सामने एक उदास रोती हुई बच्ची अचानक ख़ुश हो गयी है। मगर तब तक दूसरे कमरे से दौड़ती हुई मरील ने आकर लारा से गिटार छीन लिया।

''यह क्या सारे दिन टनटनाती हो! न पढ़ना, न लिखना मैं कब तक तुम्हें पालूँगी? कहाँ से ख़र्च चलाऊँगी? वह तुम्हारा बाप...''

''मम्मी, प्लीज़ मम्मी, डैड को गाली नहीं। डैड को दोष मत दो। नो-नो, मम्मी...''

पर आज मरील पर भूत सवार था। लारा के सुनहरे बाल खींचते हुए वह चीख़ी, ''तब चली जाओ उसी बास्टर्ड के पास। तुम उसकी बेटी हो ना? हज़ार डॉलर में ख़र्च नहीं चल सकता।''

''मरील, होश में तो आओ। इतनी क्रूर मत बनो, मरील। लारा सिर्फ़ गिटार ही तो बजा रही थी।''

सुबकियों से लारा का सारा बदन हिल रहा था। मैंने बाँहों में समेटना चाहा। उसने झटक दिया, ''नहीं, मुझे किसी की हमदर्दी नहीं चाहिए। यह दुनिया रहने लायक नहीं। मैं जा रही हूँ।''

''तुम नहीं जा सकतीं। अगर एक क़दम भी घर से बाहर निकाला, तो मैं पुलिस को ख़बर कर दूँगी। तुम्हें कस्टडी में रहना होगा।''

''मम्मी, तुम डायन हो। चुड़ैल हो।'' और लारा के मुक्के मरील की पीठ पर।

''तेरी इतनी हिम्मत?''

शेरनी की तरह दहाड़ती हुई मरील ने लारा की बाँह मरोड़ी और ज़मीन पर पटक दिया। उसके बाद लात-घूँसे।

''मरील! मरील! यह क्या कर रही हो? पागल हो गयी हो?''

''नहीं, मैं आज इसकी जान लेकर रहूँगी।''

''मरील, रहम करो, मरील! होश में तो आओ!'' मैने किसी तरह खींचते हुए मरील को ले जाकर पलँग पर लिटाया। नैन्सी उठकर आयी। हाथ में मार्गरेट मीड की किताब थी। काले फ्रेम के चश्मे से झाँकती हुई आँखों में ठण्डी उपेक्षा, माँ और बहन दोनों के प्रति।

"इसलिए तो मैं औरत पर शोध कार्य करना चाहती हूँ। क्यों हर माँ अपनी बेटी से होड़ करती है? क्यों वह नफ़रत करती है?"

"नैन्सी, यह वक़्त विश्लेषण का है क्या? तुम अपनी रोती हुई बहन को चुप नहीं करा सकतीं?"

"वह चुप नहीं हो सकती।"

"क्यों?"

"इसलिए कि हम सब अपने-आप से नफ़रत करते हैं। हमारी टूटी हुई आत्म-तस्वीर, ममा की एलिट सोसाइटी, उनको दिन-रात खरोंचती रहती है। डैड क्यों चले गये, यह सबको पता है। ममा कभी एक पुरुष के साथ साल-भर भी नहीं गुज़ार सकतीं, फिर शादी का ढोंग क्यों?"

"नैन्सी, तुम... तुम अपनी माँ से नफ़रत करती हो?"

"नहीं, दरअसल हम एक बीमार व्यवस्था की उपज हैं।"

ओह! यह ठण्डी समझ! यह घृणा! क्या इसे परिवार कहूँ? एक माँ जिसकी दो बेटियाँ और किसी का किसी से लगाव नहीं। बाहर लोगो के सामने हँसती हुई, जवान दिखती हुई मरील! बेटियों के सामने बेतरह हाँफती-हारती हुई मरील!

दूसरे दिन मैंने मिसेज़ डी. को फ़ोन किया। उन्होंने कहा, "रात को घर आ जाओ। मेरे साथ ही खाना खाना।"

करने को यूँ भी कुछ नहीं था; और लॉस एंजेल्स में एक स्थान से दूसरे स्थान की लम्बी दूरी, चौड़ी, वीरान सड़कें, खुला-चमकता नीला आसमान खुश्क हवा, हरी दूब की ख़ुशबू से भरी हुई। क्या करूँ सारा दिन?

घर से निकली, तो देखा मोड़ पर लारा खड़ी है। पास में कोई लड़का खड़ा था। लारा को कन्धे से सटाये बार-बार चूम रहा था। लारा अब भी रोये जा रही थी। एक बार उधर क़दम बढ़े मगर फिर वह आरक्षित स्थान लगा। वह एक आने वाली पीढ़ी की जगह थी, जिसका सामना कल सारी दुनिया को करना पड़ेगा। लारा का गिटार वहीं पेड़ के नीचे रखा हुआ था।

पता नहीं क्यों आज मुझे इतना अकेला लग रहा है? घर की याद नहीं आ रही। घर का कोई सदस्य मेरे इन प्रश्नों का उत्तर नहीं दे सकता। यह एक अलग दुनिया थी, जिससे मेरा घर परिचित नहीं था।

इस दुनिया के हर प्रश्न का उत्तर आइलिन के पास था, पर कहाँ चली गयी आइलिन, और पेपे? मिसेज़ डी. ने पेपे को कुत्तों के असाइलम में भेज दिया। बाक़ी कुत्तों को बेचकर चर्च में रुपया दे दिया था।

कोर्स पूरा हो गया, पर अभी भी प्रैक्टिकल ट्रेनिंग की ज़रूरत है। कुछ रुपया भी कमाना है। मेरे सामने भी संघर्ष है और यहाँ से दिल उचट गया है। हॉस्टल में रह नहीं सकती। ख़र्च बहुत लगेगा। जो काम छह महीने में सीखना चाहती हूँ, उसी में दो साल लग जायेंगे। अभी दूसरे ख़र्चे नहीं लगते। अतः मैं क्रैश कोर्स कर रही हूँ। क्रैश कोर्स की दुगनी फ़ीस होती थी।

शाम को मिसेज़ डी. के यहाँ मरील छोड़ने गयी। मरील ने कहा, "लारा घर नहीं लौटेगी। क्या करूँ पुलिस को ख़बर करूँ?"

"तुम जानती हो वह कहाँ है?"

"हाँ, डेन में। गाँजा पी रही होगी।"

"यानी तुम डेन के बारे में पुलिस को ख़बर दोगी?"

"इसी चिन्ता में हूँ।"

"मरील, यह एक पूरी पीढ़ी का सवाल है। क्या इसे पुलिस रोक पायेगी?"

"पर लारा..."

"लारा प्यार चाहती है। अपने डैड का।"

"तो ले क्यों नहीं जाता वह हरामी? ख़ुद तो किसी के साथ मौज करे।" वह फिर बिफर उठी।

"तुम मियाँ-बीवी के अहं की टकराहट में बेचारी लारा पिस जायेगी।"

"मरने दो उस कुतिया को, मेरी बला से।"

"तुम माँ हो या पत्थर?"

'ऐसी औलाद को पाकर हर माँ पत्थर हो जाती है।"

कुछ कड़वे शब्द गले में अटक गये। छोड़ो, क्या होगा कुछ भी कहकर? यह परायी ज़मीन है, लेकिन आदमी तो सब जगह एक-सा है। वही सुख-दुख के लम्हे, वही बातें।

मैं भी तो अपनी माँ के कहे अनुसार कहाँ चल पा रही हूँ? समाज के अनुसार तो अब तक किसी सेठ के बेटे के गले में हीरे का हार बनकर

लटक जाना चाहिए था; और माँ भी क्या कम दुःखी थीं मुझे लेकर? जहाँ जातीं, एक ही सवाल, "प्रभा, शादी क्यों नहीं कर रही?"

सिलसिला ख़यालों का, घटनाओं का, एक बार शुरू होता, तो रुकने का नाम ही नहीं लेता। मेरे सामने गाड़ी में मरील के कसे हुए होंठ, जलती हुई आँखें। वह काँच के पार सड़क का आख़िरी छोर घूर रही थी, जहाँ और कुछ नहीं, केवल आती-जाती गाड़ियों के लाल-पीले धब्बे नज़र आ रहे थे।

तीन महीने में वह पहली शाम थी, जब मैं और मिसेज़ डी. काफ़ी रात तक ढेर-सी बातें करती रहीं। खाने का ऑर्डर उन्होंने फ़ोन पर ही कहीं दिया। मुझसे पूछा, "क्या रेगुलर डिनर खाने का मन है?"

"नहीं।"

"मुझे भी यही सूट करेगा। मुझे खाना पकाना नहीं आता। इतने वर्ष हम लोग या तो बाहर खाकर घर लौटे हैं, या फिर घर पर बाहर से मँगा लिया है। डॉक्टर डी. बहुधा क्लीनिक से काफ़ी रात गये घर लौटते हैं।" स्वर में एक छुपी हुई उदासी, शिकायत और थकान का मिला-जुला भाव था।

"आप अकेले शाम कैसे गुज़ारती हैं?"

"अकेली मैं कहाँ हूँ? ढेरों दोस्त। सम्पर्क। आत्मीय, अनात्मीय, कामकाज। दो साल पहले टेनिस खेलने चली जाया करती थी। आजकल नहीं जा पाती, थकान लगती है।"

"हाँ, आइलिन कहा करती थी कि आप टेनिस अच्छा खेल लेती हैं।"

"सच बताओ, आइलिन ने और क्या-क्या कहा मेरे लिए?" उनकी बड़ी-बड़ी भूरी आँखें मुझ पर शान्त टिकी थीं। मैंने उन आँखों में झाँका और फिर चुप रह गयी।

"देखो, आइलिन अब इस दुनिया में नहीं है, अतः तुम उसको दगा नहीं दे रहीं। यदि तुम मेरे बारे में सब कुछ जानती हो, तो हम दो दोस्तों की तरह इस शाम अपना-अपना दर्द बाँट सकते हैं और यदि कुछ नहीं जानती, तब..."

"नहीं, आइलिन प्रायः क्लारा ब्राउन का नाम लिया करती थी।"

"और?"

"और वह क्लारा ब्राउन से चिढ़ती थी।"

"फिर?"

“मिसेज़ डी...”

“मुझे एलिज़ा कहो।”

“एलिज़ा, आपकी पूछताछ...”

“अच्छी नहीं लग रही, यही ना? बात यह है कि मुझे भी अच्छा नहीं लगता कि लोग हमारे बारे में बातें करें, मगर डॉक्टर डी. का व्यवहार ही ऐसा है कि बात अब हद से गुज़रती जा रही है।”

“आप क्या कर सकती हैं?”

“कर तो बहुत कुछ सकती हूँ। तलाक़, मुआवज़ा, परस्त्री-गमन का चार्ज। मैं... मैं जॉर्ज के पूरे करियर को धूल में मिला सकती हूँ।” उनका स्वर खट्टे सिरके में डूबा हुआ था।

“मगर इससे क्या आपको डॉक्टर डी. का प्यार मिल जायेगा?”

“वही तो नहीं मिलेगा। प्यार एक उड़ता हुआ पाखी है। वह कभी एक डाल पर बैठ नहीं सकता।”

“अतः इसके विकल्प में आप क्या सोचती हैं?”

“कुछ नहीं, कुछ नहीं सोच पाती। मेरा मनोवैज्ञानिक मुझसे कहता है, ‘तुम जॉर्ज से मनोग्रस्त हो, यह प्यार नहीं, बल्कि शराबी का नशा है।’ वह कहता है, ‘एलिज़ा, बार-बार के इस रिजेक्शन से तुम्हारी अपनी आत्मा धुधँली होती जाती है। तुममें हीनभाव आता जा रहा है। ”

“आप सब कुछ समझते हुए भी...?”

“तब मैं क्या करूँ, प्रभा? मैं क्लारा ब्राउन नहीं हो सकती और जॉर्ज को छोड़कर भी नहीं जा सकती। मैं उससे प्यार करती हूँ। बेहद। अपने से भी ज़्यादा।”

“तब सब कुछ स्वीकार करके चलिए।”

“तुम्हारे देश में एक आम स्त्री क्या करती है?”

“वह आँसू बहाती है, बहाती रहती है। चेहरे पर स्वीकृति का मुखौटा लगाये रहती है, पर स्वीकारती नहीं। हाँ, अस्वीकार भी नहीं कर पाती।”

“तलाक़ नहीं देती?”

“नहीं? कम-से-कम दूसरे लगाव के कारण तो नहीं।”

“ऐसा क्यों?”

"हमारे पुराणों में हर जगह बहुपत्नीत्व का प्रसंग है। वह सब कुछ हमारे सामूहिक अचेतन में है। शायद इसलिए भारतीय स्त्री तमाम दर्द सहते हुए भी पत्नीत्व का हक़ नहीं छोड़ती।"

"मैं हक़ की लड़ाई नहीं लड़ना चाहती। मैं जॉर्ज का प्यार चाहती हूँ। वह क्या है क्लारा में, जो मुझमें नहीं?" कहते-कहते एक गहरी साँस, जिसमें भीतर फूटते लावे की गन्ध थी, निकल गयी। पलकों पर ठहरे आँसुओं में क्षोभ की उष्णता, फड़कते हुए नथुने, सुनहरे बालों में फँसी हुई लम्बी पतली उँगलियाँ और हलके पीले सिल्क के किमानों में थरथराता हुआ शरीर।

पता नहीं नारी का यह रूप इतना मुग्ध क्यों करता है? क्या हम सब कहीं आत्मपीड़न को अचेतन में समेटे हुए हैं? कुछ देर बाद बाथरूम से वे स्वस्थ होकर लौटीं। पूछा, "कॉफ़ी लोगी?"

"जी हाँ, थैंक्स।"

"मैं ब्रांडी ले रही हूँ।"

"ज़रूर, मैं अपनी कॉफ़ी बना लेती हूँ। आप परेशान मत होइए।"

कॉफ़ी का कप लेकर जब मैं लौटी, तो देखा वे सोफ़े पर अधलेटी हाथों में ब्रांडी के गिलास को एकटक देख रही थीं। आँखों की कोरें बरसती जा रही थीं। मैंने धीरे-से उनके सिर पर हाथ रखा, "एलिज़ा..."

अब वे बहती हुई बाढ़ की नदी थीं। मैं गोद में उनका सिर रखे बैठी रही। औरत के इस दर्द के सामने सारे शब्द ख़ुद ही मौन हो जाते हैं। पता नहीं कितना समय बीता। वे फिर उठीं, फिर बाथरूम में जाकर आँखें धोयीं और आकर एक ही घूँट में आधा गिलास खाली कर दिया। यूँ लगा, जैसे उनके हलक से आग की घूँट उतरी हो। गाल तप उठे। ललाट पर पसीने की बूँदें छलक आयीं। बाहर बगीचे में ढलती हुई शाम की परछाईं थी।

घण्टी बजी। मैंने उठकर दरवाज़ा खोला। पित्जा का एक बड़ा-सा पैकेट लिए कोई खड़ा था।

"प्रभा, उसे दस डॉलर दे दो और पित्जा यहाँ पर ले आओ। चौके में 'पित्जा कटर' रखा हुआ है, वह भी ले आओ।"

पित्जा के एक टुकड़े को ख़ूबसूरत दाँतों से काटते हुए उन्होंने फिर कहा, "पता नहीं मैं तुमसे इन सारी बातों को क्यों कह रही हूँ। तुम छोटी हो। बहुत-सी बातें नहीं समझोगी। स्त्री-पुरुष का सम्बन्ध..."

‘‘नहीं, मैं इतनी छोटी नहीं। सब समझती हूँ और आइलिन प्रायः आपके बारे में बातें किया करती थी।”

‘‘आइलिन मेरी माँ थी। मैं उसकी गोद में मुँह छिपाकर रो लिया करती थी। अब रोने के लिए भी हर सिटिंग में डेढ़ सौ डॉलर ख़र्च होंगे।”

‘‘मैं समझी नहीं।”

‘‘इन बातों को और मैं किससे कह सकती हूँ सिवाय इसके कि सप्ताह में एक दिन साइकियाट्रिस्ट के पास जाऊँ और कोच पर लेटी-लेटी जो मन में आये, कहती रहूँ और एक घण्टे का सेशन पूरा होने पर लौट जाऊँ। मन को समझा लूँ कि मैं इतनी अकेली नहीं। कोई और भी है, जो मेरी बातों को सुनता है।”

‘‘एलिज़ा, आपकी कोई सहेली नहीं?”

‘‘सब बिल्लियाँ हैं। खाली म्याऊँ-म्याऊँ करती रहेंगी।”

‘‘आपके कोई पुरुष-मित्र?”

‘‘वे हमदर्द होकर बातें सुनते हैं और फिर शरीर पर आ जाते हैं। सबके पास एक ही जवाब, जॉर्ज तुमको ठगता है, तुम उसको ठगो।”

‘‘मगर ख़ुद यूँ टूटकर बदला लेना, वह भी किससे?”

‘‘प्रभा, मैं अब और किसी से प्यार नहीं कर सकती। मैं बेहद थक गयी हूँ।”

‘‘आप एक बच्चा गोद क्यों नहीं ले लेतीं?”

‘‘जॉर्ज को पसन्द नहीं।”

बस, इसी तरह की पसन्द-नापसन्द की बातें होती रहीं। रात के बारह बज गये थे। बुरी तरह नींद आ रही थी, मगर मेज़बान की बातों का सिलसिला चालू था। मैंने ही बात तोड़ी, “मुझे मरील के घर कैसे छोड़कर आइएगा?”

‘‘तुम आज यहीं रह जाओ। मेरे पास सोओगी।”

‘‘नहीं, मैं यही सोफ़ा पर सो जाऊँगी।”

‘‘अच्छा, रुको, मैं नाइटी लाकर देती हूँ।”

दूसरे दिन वह शान्त थीं। उठा हुआ तूफ़ान वापस लहरों में समा गया था। ब्रेकफास्ट टेबल पर डॉक्टर डी. भी थे। रात को पता नहीं कब लौटे।

बात मैंने ही उठायी, "मिसेज डी., आइलिन के बिना मेरा मन नहीं लगता। मरील के घर, जैसा कि आप जानती हैं..."

"नहीं, तुम मेरे यहाँ आ जाओ। डॉक्टर डी. महीने-भर के लिए जापान जा रहे हैं।"

"नहीं, यह बात नहीं। मुझे अब यह शहर अच्छा नहीं लगता, जबकि मजबूरी यह है कि प्रैक्टिल ट्रेनिंग नहीं हुई।"

डॉक्टर डी. ने ही सुझाव दिया, "लिज़ा, प्रभा को डॉक्टर बेरी के पास सेंट लुइस भेज देते हैं। पन्द्रह दिन वहाँ रहेगी, फिर उसके बाद तुम्हारी साइकियाट्रिस्ट बहन के पास न्यूयॉर्क में।"

"जॉर्ज, मुझे ज़रा सोचने दो। तुम्हारे चेम्बर का वक़्त हो गया है।"

डॉक्टर डी. के जाते ही उन्होंने कहा, "प्रभा, तुम नहा लो, फिर हम लोग घूमने चलेंगे।"

"आप आज काम पर नहीं जायेंगी?"

"नहीं, आज हम लोग आइलिन की क़ब्र पर फूल चढ़ाकर आयेंगे और उसके बाद पेपे से मिलने चलेंगे।"

मैं बर्तन समेटकर उठने लगी, तब तक उन्होंने फिर कहा, "ऐसा करो, तुम जॉर्ज के बाथरुम में चली जाओ, ताकि हम दोनों संग-संग जैयार हो सकें।"

डॉक्टर डी. के बाथरूम में घुसते की सामने की दीवार पर टँगी तस्वीर पर नज़र गयी नीचे सुन्दर हस्ताक्षर थे—क्लारा ब्राउन। ओह! दो दूनी चार, चार दूनी आठ, आठ दूनी सोलह, सोलह दूनी...! यह क्या हो रहा है मेरे दिमाग़ में! मैं बिलावजह क्यों पहाड़े रट रही हूँ? लगा, यहाँ ज़्यादा दिन रही, तो ख़ुद ही पागल हो जाऊँगी।

हम लोग बाहर निकले। गाड़ी में मिसेज़ डी. ने कहा, "मिसेज़ बेरी से बात हो चुकी है। तुम्हारे टिकट के लिए कह दिया है। फ्लाइट कल शाम की है।"

"जी अच्छा।"

"वहाँ किसी प्रकार की असुविधा हो, तो मुझसे कहना; और हाँ, मिसेज़ बेरी ने हाल ही में एक ड्राइव इन रेस्टोरेंट खोला है। वहाँ तुम्हें दस डॉलर घण्टे के हिसाब से मिल जायेंगे।"

“जी।”

“और सेंट लुइस से तुम न्यूयॉर्क जाओगी। उसकी व्यवस्था करके मैं तुम्हें ख़बर दूँगी।”

“जी।”

वे हठात् मेरी ओर घूमकर बोलीं, “तुम्हारी प्रत्येक ‘हाँ’ क्या तुम्हारी निष्क्रियता का द्योतक नहीं?”

“नहीं, मुझे आप पर पूरा विश्वास है।”

उनके चेहरे पर एक मीठी मुस्कान थी। आइलिन की तुम क़ब्र पर हम दोनों की आँखें भर आयीं। मैंने मन-ही-मन दोहराया, “आइलिन, मेरे यहाँ से जाने तक तुम रुक नहीं सकती थी?” मेरे ही मन ने उत्तर भी दिया, “मैंने बहुत चेष्टा की। हमेशा मैं बाहर जाती साँसो के लिए चौकस रहती थी। बस, उस दिन गलती हो गयी और गयी हुई साँस नहीं लौटी।”

मिसेज़ डी. पत्थर की क़ब्र को धीरे-धीरे सहला रही थीं, फिर उठकर बैठीं, बोलीं, “चलो, अब चलें!”

मैंने ही बात उठायी, “क्या हम लोग पेपे से मिलने चल रहे हैं?”

“आँ हाँ...”

एक घण्टे की ड्राइव के बाद हम लोग कुत्तों के असाइलम में थे। पेपे को सामने लाया गया। मुझे देखते ही पैरों से लिपट गया। पेपे की वही बड़ी-बड़ी कातर आँखें कुछ न कहती हुई भी बहुत कुछ...! मिसेज़ डी. ने कहा, “यह बहुत दुबला हो गया है। शरीर से बाल झड़ गये हैं। लगता है, ज़्यादा दिन जियेगा नहीं। बात यह है कि आइलिन इसको बच्चे की तरह पालती थी। यहाँ तो कुत्ते की तरह ही पाला जायेगा। हालाँकि मैं पाँच सौ डॉलर महीने की फ़ीस भी देती हूँ। हमेशा फ़ोन पर हालचाल पूछती रहती हूँ।”

हम लोग लौटने लगे, जो पेपे रो उठा। कुत्ते को यूँ रोते हुए मैंने पहली बार देखा। मैं पेपे की ओर बढ़ूँइससे पहले मिसेज़ डी. ने हाथ खींचकर कहा, “नहीं, बाहर चलो। उसके पास जाना उसे और दुःखी करेगा। आख़िर है तो जानवर, आवेग में काट न ले।”

आइलिन के शब्द हवा में तैर आये, “पेपे ने आज तक किसी को नहीं काटा...”

'डॉक्टर डी. तुम क्यों मिसेज़ डी. को काट रहे हो?... क्यों?' इस क्यों का उत्तर लौटते हुए गाड़ी में हम दोनों की चुप्पी थी। ख़यालों का जंगल था। कहीं शेर की दहाड़ थी, कहीं नागिन की फुफकार।

सेंट लुईस में मिसेज़ बेरी का पच्चीस कमरों वाला घर। बड़ा-सा चौका। मकान के सामने वाले हिस्से में छोटा-सा लॉन। पीछे वाले हिस्से में अच्छा-ख़ासा बगीचा। सफ़ेद दोमंज़िला 'स्प्लिट हाउस'। काठ की सीढ़ियाँ। नीचे बड़ा-सा बेसमेंट वाइनसेलर। पति दाँतों के डॉक्टर। चार बच्चे। दो लड़के, दो लड़कियाँ। जिमी, बिटिना, सूजान और हैरी। चार के सोलह दोस्त, कम-से-कम हर वक़्त मौजूद। हर बच्चे के लिए अलग-अलग कमरे। हर कमरे में दो पलँग, फिर पलंग के नीचे पलँग। घर नहीं, एक अच्छी-ख़ासी डॉरमेटरी। पुरानी बुढ़िया नैनी, जिसका नाम मेरी था, मगर सब उसे नैनी ही कहकर बुलाया करते। वह सत्तर वर्ष की वृद्धा थी। घर के बच्चों की, सबकी ज़िम्मेदारी उसी पर थी। घर में हर चीज़ की प्रचुरता। बड़बड़ाती हुई हर समय मेरी चीज़ों को सजाती रहती और ऊधमी बच्चे सामान बिखेरते रहते। न किसी का ब्रेकफास्ट का समय नियत था, न लंच का। हाँ, शाम को सात बजे डैडी के सामने सबका हाज़िर होना ज़रूरी था। हर बच्चा शाम के सात बजने की प्रतीक्षा करता, क्योंकि वह फ़रमाइशों का वक़्त होता। किसे कितना रुपया चाहिए, कौन-सी चीज़ चाहिए?

बीस साल की बिटिना न्यूयॉर्क कॉलेज में पढ़ने जा रही थी। उसे आंटी मरीना की तरह साइकोलॉजिस्ट बनना था। जिमी को नया रेसिंग बोट चाहिए था। वह सर्फ़िंग के कॉम्पिटीशन में उतरना चाह रहा था। चौदह साल की सूज़ान को कुछ नहीं चाहिए था, केवल मम्मी और डैड के साथ कमरे में सोने की इजाज़त, जो कि बिल्कुल असम्भव। तब वह बाहर पेड़ पर बने अपने गुड़िया-घर में रहना चाहती थी। दस साल का हैरी ममा की गोद में बैठा अब भी अँगूठा चूसे बिना नहीं मानता। ममा नहीं होने से नैनी थी।

ढेरों खिलौने बेसमेंट में। फ्रिज में खाने-पीने का अनाप-शनाप सामान। खोले गये जूते, कपड़ों के ढेर, जिन्हें वाशिंग मशीन में धोना भी उन लोगों

के लिए बोझ था। ज़्यादा उद्दण्ड जिमी था। उसके साथ चार-छह दोस्त हर वक़्त। स्कूल से लौटते ही रात तक, खाने की मेज़ पर भी।

खाने-पीने के शौक़ीन डॉक्टर बेरी को बच्चों का हुजूम बड़ा अच्छा लगता। नैनी बड़बड़ाती रहती, "कितना भी सामान रखो इस घर की मेज़ पर, कुछ नहीं बचता। डॉक्टर बेरी, तुम्हारे बच्चे इस शहर के सबसे तोंदियल बच्चे होंगे।" हो-हो की हँसी में डॉक्टर की तोंद ऊपर-नीचे होती रहती।

छोटी सूजी उठकर डैड के गले से लिपट जाती, "डैड, मेरी नयी गुड़िया नहीं आयी?"

"प्रॉमिस, कल शाम को आ जायेगी, मेरी बच्ची।"

तब तक हैरी की फ़रमाइश, "डैड, नैनी मुझे चॉकलेट केक नहीं खाने दे रही, जबकि डीप फ्रिज में ढेरों चॉकलेट रखे हैं। कल मेरे दोस्त को भी मना कर दिया। कहती है, दाँत में कीड़े लग जायेंगे।"

बेरी परिवार में एक ही व्यक्ति गम्भीर था। कम बोलना और हर वक़्त व्यस्त रहना, वह थी मिसेज़ हेल्गा बेरी। हेल्गा हमेशा अपनी फ्रेंच खिड़की के पास वाली मेज़ पर बैठकर आय-व्यय का हिसाब किया करती।

हाँ, बेरी तो कमाते ही थे, पर हेल्गा को अपनी अलग पहचान चाहिए थी। वह केवल पत्नी और माँ की भूमिका में सिमटकर नहीं रहना चाहती। मेरा मन न जाने क्यों हमेशा हेल्गा में अटका रहता। लगता, मानो वह एक टूटे हुए अक्स को ठीक करने की कोशिश में है और जितना वह टुकड़ों को जोड़ती है, उतना ही कोई और होती है।

शुरू के पाँच-सात दिन बच्चों के साथ बीते। मैं बिटिना के साथ सोती थी। बिटिना की आदत थी देर तक पढ़ने की, मगर मुझे जल्दी सोने की आदत थी। समझौता हुआ, मैं आँखों पर पट्टी बाँध लिया करूँ, लेकिन सुबह जल्दी उठना फिर आठ के क़रीब हेल्गा के साथ निकल जाना। वह मुझे 'हाउस ऑफ़ रेवलान' मेकअप की ट्रेनिंग के लिए छोड़ती हुई अपने रेस्टोरेंट मे चली जाती थी। हेल्गा सुबह पाँच बजे उठती। आधा घण्टे पिछवाड़े के पूल में तैरना, फिर टेलीफ़ोन। कान से टेलीफ़ोन लगा रहता, लेकिन साथ ही वह कसरत करती जाती। पता नहीं कितनी जगह वह फ़ोन करती थी और कितने नम्बर उसके दिमाग़ी कम्प्यूटर में भरे थे।

साढ़े छह बजे डॉक्टर बेरी एक कप कॉफ़ी लेकर घर से निकल जाते, फिर वह आधा घण्टे का समय हेल्गा का निजी वक़्त होता। वह कहा करती, ''यह वक़्त है मेरे जीने का, कुछ सोचने का, कुछ करने का तथा भविष्य के सपनों को देखने का।''

''कौन-सा सपना, हेल्गा?''

उसके पतले होंठों पर एक मुस्कराहट फैल जाती। कहती, ''तुम नहीं समझोगी।''

''क्यों, क्या हम दोस्त नहीं।''

''ज़रूर हो पर मैंने कहा न, यह मेरा निजी कोना है। हर आदमी के ख़यालों का, अनुभवों का एक अलग-अलग भरा कोना होता है, जिसमें किसी का साझा नहीं हो सकता।''

''मुझे तो अपने में ऐसा कोई कोना नहीं लगता।''

''है,...तुम उससे परिचित नहीं,'' फिर मुस्कराकर उसने पूछा, ''अच्छा, बताओ तो, ये जो चिट्ठियाँ तुम पूल के कोने में बैठकर चुपचाप पढ़ती हो और प्रायः उदास हो जाया करती हो, वे किसकी हैं?''

''है कोई अन्तरंग...''

''बस, इतना-भर जवाब? इससे अधिक का साझा नहीं कर सकीं ना?''

''नहीं, मैं तुमसे सब कुछ कहूँ, तो भी नक़्शा अधूरा रहेगा, क्योंकि तुम उस माहौल से परिचित नहीं।''

''नहीं, यह बात नहीं। परिचित होते हुए भी हम 'हम' होते हैं और दूसरा 'दूसरा'। एक सीमा तक ही अन्तरंगता बर्दाश्त होती है, उसके बाद आदमी बिल्कुल अकेला।''

"हेल्गा, तुमने कॉलेज में दर्शन पढ़ा था?"

''नहीं, ज़िन्दगी इतनी रहमदिल मुझ पर नहीं रही।''

''क्यों?''

''मैं पोलिश यहूदी हूँ। डॉक्टर बेरी द्वितीय विश्वयुद्ध में सेना में डॉक्टर थे।''

"ओह! तो बड़ी रोमांटिक शादी..."

"पहले पूरी बात सुनो! तुम्हारी आदत भी बिटिना की तरह है। बात सुने बिना निष्कर्ष पर आ जाती हो।"

"सॉरी, हेल्गा।"

"ओ.के.। हाँ, तो मैं और मेरे पिता, मेरा छोटा भाई, जहाज़ पर चढ़ने की तैयारी में खड़े थे। भागने वालों की एक लम्बी क़तार थी। वह जनवरी का महीना था। बर्फ़ गिर रही थी। पापा आगे खड़े एक कोट में ठिठुर रहे थे। तब तक एक रूसी सैनिक आया। पापा से उसने कोट माँगा। तुम सोचो, वह पुराना मैला कोट भी शरीर पर नहीं रह सका। सैनिक ने तलवार से पापा की गर्दन काटी, कोट उतारा। उसने ख़ून से रँगा हुआ गीला कोट पहना और थूककर चला गया। बास्टर्ड! प्रभा, इस कहानी को मैं दोहराती रहती हूँ। दोहराती रही हूँ हर किसी के सामने। सब कहते है, भूल जाओ, लेकिन मैं भूलना नहीं चाहती। मैं नहीं चाहती कि मेरे भीतर की आग, रात-दिन की यह दहकती हुई आग ठण्डी पड़ जाये। उस दिन के बाद मेरी आँखों में कभी आँसू नहीं आये, कभी नहीं। विश्वास करो, मेरे छोटे भाई की मौत पर भी नहीं।"

"फिर क्या हुआ?"

"हम लोग जहाज़ पर नहीं चढ़ सके। दस दिनों में निमोनिया से मेरा भाई भी चल बसा, पर मैं नहीं रोयी। मैं कभी नहीं रोयी। अस्पताल में ही डॉक्टर बेरी से मुलाक़ात हुई। उन्होंने शादी का प्रस्ताव रखा। ठीक है, वह एक दयालु इन्सान हैं। बहुत ही भले, पर प्रेम? नहीं, इस दुनिया में प्रेम कोई करता ही नहीं।"

"हेल्गा, इतनी निराशा लेकर तुम यह गृहस्थी चला रही हो?"

"हाँ, मुझे मेरे बच्चों से प्यार नहीं। वे मरें, जियें या कहीं भी जायें।"

"यह तुम क्या कह रही हो?"

"ठीक कह रही हूँ। मेरा हर बच्चा इस बात को जानता है।"

"वे कुछ कहते नहीं?"

"बच्चे? बच्चे हर बात को स्वीकार लेते हैं यदि बात ईमानदारी से कहीं गयी हो।"

साढ़े सात बज गये थे। एक-एक कर सब आँखें मलते हुए आ रहे थे, हैरी के आकर बैठते ही हेल्गा ने परे ढकेल दिया। नैनी की बड़बड़ाहट जारी थी, "हे यीशू! ऐसा घर मत बनाया करो। कभी नहीं। जहाँ माँ अपने बच्चे गोद में न बैठाये।"

"तुम हो ना इन सबकी माँ।" कहती हुई हेल्गा उठ गयी।

मैं भी तैयार होने अपने कमरे में चली गयी। बिटिना कान पर तकिया दबाये सो रही थी। वह ग्यारह के पहले नहीं उठती थी।

मिसेज़ बेरी ने आज रेवलोन हाउस उतरते हुए कहा, "आज से तुम रेस्टोरेंट का काम करोगी। अतः शाम को चार बजे छुट्टी होने पर आज मैं आकर ले जाऊँगी। बाद में बस रूट समझा दूँगी।"

मैंने राहत की साँस छोड़ी, क्योंकि पिछले सात दिनों से मुझे यही चिन्ता सता रही थी कि आगे का ख़र्च कैसे चलेगा।

उनका 'ड्राइव इन रेस्टोरेंट' सच में बड़ा ख़ूबसूरत था। जवान लड़के-लड़कियों की चहल-पहल से भरा हुआ। ख़ासकर पूरी जमघट रात नौ से ग्यारह के बीच होती। सबर्ब के इस इलाक़े का सबसे अच्छा रेस्टोरेंट। भीतर पाँच जने काम करते थे। मिसेज़ बेरी कैश काउंटर पर रहती थीं।

"दो हैमबर्गर, एक कोला, एक प्रेस्का, वन बनाना स्पलिट एंड वन एपल पाई। टू फ्रेंच फ्राई विथ जम्बो चीज़ बर्गर। ओनली वैनिला विथ चॉकलेट सॉस, स्ट्रॉबेरी मिल्क शेक विथ जम्बो चीज़ बर्गर।" खिड़की पर ऑर्डर की अलग-अलग आवाज़ें बरसात की मोटी-मोटी बूँदों की तरह टपकती रहतीं। भीतर मशीन की तरह काम करते हुए हमारे हाथ।

मिसेज़ बेरी ने पहले दिन से मुझे विंडो सर्विंग में लगाया। काम था प्लेट आगे बढ़ाना, डॉलर गिनकर मिसेज़ बेरी को पकड़ाना। टिप अपने पॉकेट में डालना। ज़्यादातर लड़के-लड़कियों का हुजूम नौ से बीस की उम्र के बीच। घर लौटने में रात के ग्यारह बज गये। बिटिना ने मुस्कराकर पूछा, "कैसा रहा?"

"सीखने की कोशिश कर रही हूँ।"

"तुम्हारे लिए यह एक अनुभव होगा। तुम रियल अमेरिका को समझ पाओगी।"

"कैसे?"

"कल शुक्रवार है ना?"

"हाँ।"

"हम लोग रविवार को बात करेंगे।"

दूसरे दिन सुबह मिसेज़ बेरी ने पूछा, "आज तो तुम्हारी छुट्टी होगी? अब तो काम सीखने तुम सोमवार को ही जाओगी।"

"जी।... मगर उन्होंने फ़ेशियल की प्रैक्टिस घर में करने के लिए कहा है।"

"मैं तैयार हूँ। चलो मेरी ड्रेसिंग टेबल की दाहिनी दराज से सारा सामान ले आओ और प्रैक्टिस चालू कर दो।"

पहली बार उनका कमरा देखा। ऐसी कोई ख़ास बात नहीं लगी। ड्रेसिंग टेबल लम्बा-सा, बेतरतीब फैला हुआ सामान। पलँग के बिछावन पर पड़ी हुई नाइटी, ज़मीन पर डॉक्टर बेरी का मखमली गाउन।

ओह! इस घर में सब कुछ इतना बेतरतीब क्यों रहता है? और मिसेज़ बेरी अपनी ही धुन में अलग। नैनी चीज़ों को उठाती-धरती रहती। बन्दर रहते हैं इस घर में, सब बन्दर, एक डॉक्टर बेरी को छोड़कर, बेचारे बेरी!

नैनी और हेल्गा की कभी पटती नहीं थी। नैनी का कहना था, चार बच्चों की माँ होकर भी हेल्गा गृहस्थिन नहीं है। ख़ैर, बायीं तरफ़ का दरवाज़ा खोला। हेल्गा ने कहा था, नीले रंग का ब्यूटी किट होगा, पर वह मिले तब ना? दुनिया-भर की चीज़ें हटाकर देखा। ओह! छोटी-सी पिस्तौल! वो भी ड्रेसिंग टेबल की दराज में? रखते होंगे लोग। फिर नीचे की दराज खोली। ब्रा और पैंटी भरे पड़े थे। मैंने सोचा, क्या यहाँ औरत साल में दो सौ पैंटीज़ बदलती हैं? किसी भी चीज़ को भोगने की भी इन्सान में क्षमता होनी चाहिए। नीला ब्यूटी किट तीसरी दराज में मिला, बिल्कुल नीचे वाले में। ढेरों दवाइयों के बीच पड़ा हुआ था। मेरा हाथ मिसेज़ बेरी को बहुत ही मुलायम लगा। सुबह-सुबह भी कनपटी के पास की नसें तनी हुई थीं।

"हाय प्रभा, तुम्हारे हाथ कितने सुहाने हैं? मन कर रहा है, सो जाऊँ!"

"सो जाओ।"

"और मेरा काम?"

"करने की ज़रूरत है क्या?"

एकदम से आँखें खोलकर वह उठ बैठी, "हाँ, ज़रूरत है, बिल्कुल ज़रूरत है।"

''अच्छा, आप लेटिए, मुझे फ़ेस पर पैक लगाना है। अच्छा, ज़रा रुकिए। मैं भूल गयी थी कि आपको चेहरे पर स्टीम लेनी होगी।"

''मैं गरम पानी से मुँह धो लेती हूँ और लाओ पैक मैं ख़ुद ही लगा लूँगी। तुम तैयार हो जाओ, नहीं तो वक़्त पर नहीं निकल पायेंगे।"

फिर वही तनाव, वही गम्भीर गुमसुम चेहरा, जो न कभी अपने बच्चों को देखकर मुस्कराता और हँसोड़ पति की खिलखिलाहट में साथ देता। उस दिन शुक्रवार था। वीकएंड। दोपहर चार बजे से भीड़ शुरू हो गयी। वही ओलों की तरह टपकता हुआ तरह-तरह के खाने की चीज़ों का ऑर्डर। काउंटर पर खड़े-खड़े टाँगें दुखने लगीं, पर बैठने का वक़्त मिले तब न! रात बारह बजे आख़िरी चीज़ बर्गर और कोला काउंटर पर रखते हुए मिसेज़ बेरी की आवाज़ थी, ''शटर गिरा दो, दुकान बन्द है।"

टिप के पैसे मेरी कोट की दोनों जेबों में ठुँसे हुए थे। निकालकर गिनना शुरू किया, ''माय गुडनेस! मिसेज़ बेरी, एक दिन में डेढ़ सौ डॉलर टिप।"

''हाँ, और नहीं तो क्या? इतना तो मिलना ही चाहिए।" दुखती हुई एड़ियाँ, तनी हुई पीठ की शिराएँ, मैं सब भूल गयी। मिसेज़ ड्यूपॉण्ट की खनकती हुई हँसी याद आ गयी, ''यह अमेरिका है। यहाँ बीस डॉलर से बीस मिलियन कमाया जा सकता है।"

बिस्तर पर देर रात तक नींद नहीं आयी। दिल उत्साह से धड़क रहा था। देखूँ कल क्या होता है? लेकिन वह बरसता हुआ शनिवार था। बिक्री हुई, मगर कम। ख़ासकर बच्चों के जत्थे बाहर नहीं निकले। कुछ जवान जोड़े थे, पर वे खाते कम थे। केवल बीयर या कोला लिए घण्टों बैठे रहते, फिर भी टिप में चालीस डॉलर मिले।

रविवार की छुट्टी थी। रेस्टोरेंट बन्द था। डॉक्टर बेरी ने कहा, ''प्रभा को हम लोग पिकनिक पर ले जायेंगे।"

हेल्गा ने कहा, "नहीं, प्रभा आज मेरे साथ बितायेगी।"

बिटिना ने कहा, ''प्रभा इतनी मासूम है, उसको तुम ज़िन्दगी के हादसों से वाक़िफ़ करा रही हो?"

''बिटिना, मुझे क्या करना चाहिए या नहीं, इसकी इजाज़त तुमसे लेनी होगी?"

बिटिना ने हाथ का चम्मच टेबल पर दे मारा, "ओह! मैं तुमसे नफ़रत करती हूँ। दिली नफ़रत। क्यों जन्म दिया तुमने हम सबको? क्यों? बोलो क्यों?"

चाय के कप में तूफ़ान उठ खड़ा हुआ। डॉक्टर बेरी ने उठकर धीरे-से बिटिना को बाँहों में भर लिया, "शान्त रहो, मेरी बच्ची, शान्त रहो!"

हेल्गा पत्थर की मूर्ति बनी बैठी थी। निर्विकार। मुझे क्या करना चाहिए, समझ नहीं पा रही थी। तब तक जिमी की दबी हुई, पर कर्कश आवाज़, "ममा, तुम इस घर को छोड़कर इज़राइल के किसी किम्बूत में क्यों नहीं चली जातीं? पैसा तो कमाकर भेजती ही हो।"

छोटा हैरी माँ से लिपटकर ज़ोरों से रो पड़ा, "नो-नो, ममा, तुम नहीं जाओगी। तुम नहीं जाओगी।"

हेल्गा ने बड़ी ठण्डक से हैरी को परे हटाया। एक स्वर अपने समूचे स्थायी वज़न के साथ खनाक से ज़मीन पर गिरा, "हाँ, मैं जा रही हूँ। अगले मंगलवार को..."

"हेल्गा?" डॉक्टर बेरी की आँखें फैली हुई थीं। वह मेरा हाथ पकड़कर सीढियाँ चढ़ रही थीं।

वह रविवार अजीब घुटन-भरा था। बच्चे अपने-अपने कमरे में थे। डॉक्टर बेरी दो बार कमरे में आये, पर हेल्गा को मुझसे बातें करते देखकर चले गये; और हेल्गा! वह एक बहता हुआ लावा थी। उसकी ज़िन्दगी में विस्फोट हो चुका था। नहीं, वह रोयी नहीं। उसने सच ही कहा था, "मैं कभी रोती नहीं। पापा की मौत के बाद मैं कभी नहीं रोती। मैं सच में इज़राइल के काज से जुड़ी हूँ। मैंने कभी गहने नहीं पहने। कभी क्रिसमस गिफ़्ट ख़र्च नहीं किया। अपना एक-एक पैसा बचाकर भेजती रही हूँ। हाँ, जिस दिन डॉक्टर बेरी ने एतराज़ किया, उस दिन मुझे समझ में आया कि दूसरे के पैसे से अपनी ज़िन्दगी का मक़सद पूरा नहीं होता। मैंने रेस्टोरेंट खोला। आज मेरे पास बहुत पैसे हैं। हाँ, मेरे अपने कमाये हुए और मैं किम्बूत में जा रही हूँ।"

"बच्चों की?"

"कुछ नहीं होगा।" उन्होंने वाक्य पूरा किया, "उन्हें अपने पैर पर खड़ा होना होगा। मैं और प्रतीक्षा नहीं कर सकती। बहुत देर हो चुकी।"

"हेल्गा!"

"हाँ सुनो, तुम मिसेज़ डी. की बहन के पास न्यूयॉर्क जाओगी। परसों उनका फ़ोन आया था।"

"नहीं, मैं अपनी बात नहीं कह रही थी, पर हेल्गा, हैरी कैसे रहेगा तुम्हारे बिना?"

"मैं अपने बाप के बिना, भाई के बिना, अपने किसी भी ख़ून के रिश्ते के बिना कैसे ज़िन्दा हूँ? क्या डॉक्टर बेरी मेरा अपना ख़ून हैं?"

"पर ये बच्चे?"

"ओह प्रभा, क्या बकवास की भावुकता में बह रही हो! सब एक-एक कर घर छोड़कर चले जायेंगे और मैं खाली घोंसले में डॉक्टर बेरी की हर शाम की प्रतीक्षा करती रह जाऊँ? भूल जाऊँ कि मेरी नस्ल का एक भी राष्ट्र नहीं है इस धरती पर?"

"फिर तुमने इनको पैदा क्यों किया?"

"सच कहूँ? हम सभी अपने अतीत से उबरते रहते हैं। मैं वह हेल्गा नहीं, जो दस साल पहले थी।"

"मैं समझी नहीं।"

"तुम मानवीय विकास की भाषा नहीं समझतीं? तुम सोचती हो कि औरत महज़ भूमिकाओं का एक सिलसिला है। और यदि यही है तो मैं एक महत्त्वपूर्ण भूमिका निभाने जा रही हूँ। प्रभा, मैं अपने को घर और बच्चों से जोड़ना नहीं चाहती। मैं नहीं चाहती कि मैं डॉक्टर बेरी के प्रेम के भँवर-जाल में चक्कर काटती रहूँ। नहीं-नहीं, स्मृतियों के दंश अभी भी चुभते रहते हैं। वह रात, जब नीले आकाश में कटा हुआ चाँद भी ख़ून टपका रहा था, जब हवाओं में बारूद और सड़ी हुई लाशों की गन्ध थी। प्रभा, मैं भूल नहीं पाती, पापा का लुढ़का हुआ सिर और ख़ून से भीगा हुआ कोट उस रूसी सैनिक के कन्धे पर। नहीं, प्रभा, नहीं, मैं अपने नन्हे जिमी के मुँह से भी रोटी छीनकर उन अपरिचितों के पास भेज दूँगी। जिमी का बाप उसे भूखा नहीं मरने देगा, पर मेरे हृदय का ख़ून तो जमते-जमते गाढ़ी स्याही हो गया है।"

"हेल्गा, किसकी ज़िन्दगी में दर्द नहीं होता?"

"देखो, आदमी जब अपनी निजी समस्या, अपने निजी दर्द को इन साधारण दार्शनिक उक्तियों से सहलाने लगता है ना; तो उसका दर्द छिछला हो जाता है। मैं... मैं बहुत ही गहरी हूँ और जितना भी भीतर डूबती हूँ, एक ही आवाज़ कानों में टकराती है, हम यहूदियों का अपना कोई देश नहीं। हम अब भी खानाबदोशों की तरह भटक रहे हैं, क्योंकि मैं सोचती हूँ हर दर्द को आदमी अपनी ज़मीन पर खड़ा होकर भूल सकता है।"

"क्या तुम अमेरिकन नहीं?"

"हूँ, जैसे कभी पोलिश थी, पर हम यहूदियों का अस्तित्व सन्दर्भ से कटा हुआ है।"

"मैं तुम्हारी सारी बातें समझ नहीं पा रही हूँ, हेल्गा। सच कहूँ तो मेरा राजनीतिक ज्ञान बड़ा कच्चा है।"

"कच्ची तो तुम सभी बातों में हो। तुमने ज़िन्दगी का दर्द झेला ही कहाँ है?"

"ऐसा मत कहो हेल्गा, पिता तो मेरे भी बचपन में चले गये।"

"तुम कितनी बड़ी थीं?"

"साढ़े नौ की। वह रविवार मुझे आज भी याद है और वह रात का वक़्त जब साढ़े दस बजे, ड्राइवर खाली गाड़ी लेकर घर लौटा और फ़ुटपाथ पर छाती पीटते हुए कहा, "बड़ा बाबू अब नहीं रहे। उनका हार्ट फ़ेल हो गया।"

"अरे, तुम्हारे पिता नहीं? मैं बहुत लज्जित हूँ कि मैं इन दिनों इतनी आत्मग्रस्त रही कि तुम्हारे बारे में कुछ जानने की चेष्टा ही नहीं की।"

"नहीं, ऐसी बात नहीं। दर्द तो मुझे इस बात का है कि बाबू जी का हार्ट फ़ेल नहीं हुआ था, बल्कि उन्हें ज़हर दिया गया था।"

"ज़हर! किसने...?"

"उनके व्यापारी पार्टनर और दोस्त थे। मेरे पिता जूट के बड़े व्यवसायी थे। मैं तुम्हारा दर्द समझती हूँ, हेल्गा। मुझे भी वह दिन नहीं भूलता जब वे लोग बाबू जी की अर्थी उठाकर ले गये। मेरे इतने प्रतिष्ठित पिता और इतनी कम उम्र में चले गये। सब लोग घाट पर गये। सिर्फ़ मैं और मेरी बड़ी बहन गीता घर पर ही रह गयीं। हमारे यहाँ छोटी लड़कियाँ घाट पर

नहीं जा सकतीं और न ही मुझे बच्चा समझकर नीचे उतरकर बाबूजी के दर्शन करने दिया गया। मैं खिड़की की सलाखें पकड़े रोती रही। दादी माँ मुझे छाती से लगाकर समझाती रही थीं, 'मत रो, बिटिया, मत रो! अब बड़ा बाबू नहीं लौटेंगे।' "

"ओह, प्रभा, ओह!" कहते हुए हेल्गा उठकर मेरे पास सोफ़े के हत्थे पर बैठ गयी।

"फिर क्या हुआ? हत्यारों की सज़ा, न्याय?"

"हेल्गा, हमारे देश में न्याय केवल पैसेवालों के लिए है। अम्मा ने कहा, 'जो गये वे लौटेंगे नहीं और कोर्ट-कचहरी में घर फूँकने से मेरे बच्चे रास्ते पर खड़े हो जायेंगे।' "

"तुम लोग कितने भाई-बहन हो?"

"पाँच बहनें, दो भाई। मैं सबसे छोटी हूँ। हेल्गा, मैं महीनों खिड़की के सीखचे पकड़े खड़ी रहती। महीनों मैं रातों को नींद में चौंक-चौंक उठती। शायद बाबूजी लौट आये हैं। उनकी खड़ाऊँ की आवाज़ कानों में गूँजती रहती। वह शायद कोई और व्यक्ति थे, जिनको मेरे चाचा लोग ले गये थे। वे कोई और होंगे।"

"तुम्हारे मन में बदले की भावना, घृणा, क्रोध, कुछ नहीं?"

"है, हेल्गा, वह बहुत अधिक है, पर बदला लेने का मेरा अपना तरीक़ा है।"

"वह तरीक़ा क्या है?"

"इस पर गहराई से अभी तक नहीं सोचा। बाबूजी को दुनिया से गये चौदह साल हो गये, पर घर की आर्थिक अवस्था अब भी पूरी तरह नहीं सँभली।"

"वह कैसे? तुम इतनी दूर विदेश में किसके ख़र्च से आयी हो?"

"टिकट के पैसे किसी से उधार लिए हैं, मेरे हितैषी बन्धु हैं, चुका दूँगी।" मैंने फिर कहा, "लेकिन पिछले दस साल से एक ही चीज़ देख रही हूँ। व्यापारियों का परिवार कैसे मुखौटों में जीता है। अम्मा ने बाबूजी के वक़्त का सारा ताम-झाम ऊपरी तौर पर वैसे ही रखा हुआ है और भीतर से इतना खोखलापन। किसी को पता न चले, मगर चुपचाप एक-एक करके

बिकते हुए गहने। मुझको बाबूजी के जाने के बाद पहली नयी पोशाक छोटे भइया की शादी पर मिली थी।"

हेल्गा ने माँ की ममता से मुझे भरे कलेजे से लगा लिया। हम दोनों रो रही थीं, मगर हेल्गा बहुत जल्दी सँभल गयी। कहने लगी, "आज मैं तीस वर्ष बाद रोयी हूँ। यानी डैड के लिए अब भी कुछ बूँदें बची थीं।"

"प्रभा, तुम बहुत भावुक हो, बहुत कोमल।"

मैनें आँसू पोंछते हुए मुस्कराकर कहा, "हाँ, कठोर बनना पड़ेगा, तुम्हारी तरह।"

"हाँ, बिल्कुल। कविता लिखो, मगर रोना मत। हम औरतें अपनी ज़िन्दगी को आँसुओं में निचोड़ देती हैं। अच्छा, एक काम क्यों नहीं करतीं, प्रभा!"

"वह क्या?"

"तुम मेरे रेस्टारेंट में पार्टनर हो जाओ, बहुत पैसा कमाओगी। तब तुम अपनी ममी को सुख दे पाओगी। उनको ख़ूब सारे गहने बनवा देना। तुम्हें इस रेस्टारेंट का भविष्य नहीं पता। बहुत जल्दी मैं इसकी दो-तीन शाखाएँ खोल सकती हूँ, तुम पार्टनर बन जाओ ना!"

"सुनो हेल्गा, एक तो मैं परायी ज़मीन पर नहीं रहूँगी। तुम चाहे मुझे मिलियन डॉलर ही क्यों न दो? मुझे जिस समाज का सामना करना है, वह सीधे-सीधे करूँगी। उससे भागकर नहीं और दूसरे..." कहते-कहते मैं चुप हो गयी।

उसकी आँखें मेरी आँखों में सीधे देख रही थीं। हेल्गा की आँखें हमेशा घने अँधेरे में टिप-टिप कर जलती हुई अग्नि शलाका-सी चुभती थीं। उसने सर पर हाथ फेरते हुए कहा, "चुप क्यों हो गयीं? वह दूसरा कारण क्या है?"

"मेरी माँ मेरी कमाई से एक पैसा भी नहीं लेंगी। हमारे समाज में बेटी दान की वस्तु है, इसलिए माँ जीजी लोग के घर यदि एक गिलास पानी भी पीना पड़े, तो बदले में ग्यारह रुपये देकर आती हैं।"

"हाउ स्ट्रैंज! यह कैसी व्यवस्था? लड़की को दान की वस्तु समझना और फिर तुम उस देश में लौटने की बात कर रही हो!"

"हाँ, ताकि मैं भी एक लड़ाई लड़ सकूँ। मेरी छोटी बहनों को, मेरी बेटियों को यह सब न सहना पड़े।"

"लड़ सकोगी?...और यह तो पीढ़ियों की लड़ाई है, बहुत लम्बी।"

"मेरा अपना तो दाय है, यदि वही देकर जा सकूँ तो जीवन सार्थक मानूँगी।"

"तुम अमेरिका रह जाओ, प्रभा। मैं फिर कह रही हूँ, मेरे बहुत रिसोर्सेज़ हैं।"

"लेकिन तुम तो इज़राइल जा रही हो।"

"तो क्या हुआ? तुम हमारा अंडरग्राउंड वर्ल्ड, उसका सहयोग, तुम पाँच वर्ष में मिलियन डॉलर कमा लोगी। बिना अपने पैरों पर खड़े हुए तुम कोई लड़ाई नहीं लड़ सकतीं।"

"मैं तुम्हारी सद्‌भावना का सदा एहसान मानूँगी हेल्गा, पर मैं अपने देश वापस जाना चाहूँगी।"

"जैसी तुम्हारी मर्ज़ी। तुम एक सुनहरा मौक़ा छोड़ रही हो; और तुम्हारे उस ग़रीब देश में धन का अभाव नहीं, मगर धन कमाने के साधनों का अभाव है।"

"तुम चिन्ता न करो, हेल्गा, मैं अपने साधन स्वयं जुटा लूँगी।"

"तुम्हें अपने पर भरोसा है?"

"उस ऊपरवाले पर तो है।"

"इसमें वह ऊपरवाला क्या करेगा?" वह चिढ़कर बोली, "क्या वह तुम्हारे ऊपर डॉलरों की वर्षा कर देगा?"

मैंने हँसते हुए कहा, "देखो, कर ही रहा है ना! तुम मुझे पार्टनर बनाना चाहती हो। पाँच वर्ष में मिलियन डॉलर की बात कर रही हो।"

"पर तुमको काम करना होगा। तुम क्या सोचती हो, पलँग पर सोये-सोये डॉलर आ जाते हैं?"

"नहीं, मगर साधन तो वही ऊपरवाला जुटाता है ना! अब उसका उपयोग करना, न करना व्यक्ति का अपना निर्णय होता है।"

"तुम बहुत बेवकूफ़ लगती हो और हद से अधिक संवेदनशील, जो निजता को एक व्यापक कार्य में प्रसारित कर रही है।" वह हँसने लगी।

"मुझे तुम हमेशा याद रहोगी।"

तब तक कोई धमाधम सीढ़ियाँ चढ़ता हुआ कमरे में आया।

"ममा, मुझे तुमसे बात करनी हैं।"

अचानक मानो ज़ोर के तूफ़ान ने सारे खिड़की-दरवाज़ों के पल्ले खड़खड़ा कर रख दिये हों।

"मैं प्रभा से बात कर रही हूँ।"

"वह तो तुम पिछले दो घण्टे से कर रही हो।" बिटिना की आवाज़ तीखी थी।

"बिटिना, सभ्यता से बात करो।"

"नहीं, मैं असभ्य होना चाहती हूँ। मुझे तुमसे बात करनी है, और इसी वक़्त।"

"क्या खाने की मेज़ पर चम्मच पटककर काफ़ी कुछ नहीं कह दिया?"

हेल्गा अड़तालीस की उम्र में चार बच्चों की माँ होकर भी पैंतीस से ज़्यादा की नहीं लगती थी। मक्खन-सी पीली चमकती हुई त्वचा, चौड़ा ललाट, बड़ी-बड़ी आँखें, जिनमें हमेशा जलती हुई आग की चिनगारियाँ फूटती रहतीं। उन्नत नासिका, गुलाबी होंठ, कसे हुए जबड़े, चौड़ा कन्धा, उठते-गिरते हुए वक्षस्थल का सुडौल उभार, पतली कमर, कन्धे तक लहराते हुए भूरे बाल, आज शायद पहली बार मैंने उसे भरपूर नज़रों में देखा। पाँच फ़ीट सात इंच का लम्बा कद्दावर शरीर। मैंने मन-ही-मन कहा, 'अरे, यह इतनी सुन्दर है! इस ओर मेरा ध्यान अब तक क्यों नहीं गया?' हेल्गा को मैंने कभी मेकअप में नहीं देखा, न कभी चेहरा रँगते हुए। आज उसने काले रंग का घेर वाला स्कर्ट पहन रखा था और उस पर सफ़ेद सिल्क का लेस वाला ढीला-सा ब्लाउज़, कानों में एक-एक मोती, गले में मोती की लड़, लम्बी-लम्बी उँगलियों में महीन हीरे के छल्ले। बायें हाथ की मध्यमा में एक बड़ा-सा हीरे का नग।

"बैठो!" शीतल-बर्फ़ीली आवाज़।

मैं उठने लगी।

"नहीं, तुम बैठी रहो, प्रभा! तुम मेरी ज़्यादा आत्मीय हो, मेरे इस अपने बदक़िस्मत ख़ून से।"

"ममा, प्रभा के सामने मेरा अपमान मत करो। मैं तुमसे एकान्त में बात करना चाहती हूँ।"

मैं फिर उठने लगी। हेल्गा ने बाँहें पकड़कर लगभग ज़बर्दस्ती बैठा लिया। ओह! उसकी वह लौह पकड़ और लाल लोहे-से तपते हुए गाल। बिटिना के स्वर में घबराहट थी। सूजी हुई आँखें, उतरा हुआ चेहरा।

"आय एम सॉरी, प्रभा! डैड के सामने मुझे ऐसा व्यवहार नहीं करना चाहिए था। मुझे माफ़ कर दो ममा, प्लीज़ ममा!" बिटिना सुबकने लगी।

"बिटिना! यदि रोना है, तो अपने कमरे में जाओ और कुछ कहना है, तो कह डालो। मेरे पास बकवास के लिए वक़्त नहीं।"

बिटिना फिर तड़प उठी, "तुम इतनी पत्थर दिल क्यों हो? ममा, तुम जानती हो कि मैं अगले सप्ताह से न्यूयॉर्क कॉलेज में चली जाऊँगी और उसके बाद से मेरी अपनी अलग ज़िन्दगी होगी, तुम लोगों से अलग।"

"हाँ, मालूम है, तो।"

"जिमी भी एक साल में स्कूल की पढ़ाई ख़त्म कर लेगा और वह भी अपने कॉलेज में चला जायेगा या फिर नेवी में..."

"बिटिना, मेरे बच्चों में से कौन कब क्या करेगा यह मैं तुमसे अधिक जानती हूँ। तुम असल मुद्दे पर बात करो। बात की धुरी पर आओ, बेकार बाहर चक्कर लगाते हुए वक़्त मत बरबाद करो!"

"तब डैड का क्या होगा? हम सब चले जायेंगे। उनकी देख-रेख कौन करेगा? ममा, आप जानती हैं कि वह आपसे कितना प्यार करते हैं! उन्होंने हमें कितने प्यार से सब कुछ दिया! एक पैसा भी डैड ने अपने लिए नहीं रखा।"

"तुम्हें अपने डैड की वकालत करनी है या अपनी बात कहनी है?"

"ममा, हम लोग इतने अलग-अलग कैसे हैं? हम सबने आपको प्यार किया, ख़ासकर डैड ने। ओह! डैड का क्या होगा? बुढ़ापे में उनके पास कोई नहीं होगा।"

"सुनो, बिटिना! तुम वयस्क हो। अप्रैल में तुम इक्कीस वर्ष की हो जाओगी। मैंने सोचा था कि तुमसे बिना कुछ कहे जाऊँ, क्योंकि मैं नहीं चाहती थी कि तुम्हारा दिल किसी कड़वे सच से आजीवन झुलसता रहे। तुम मेरी बेटी हो, मैं तुम्हें प्यार करती हूँ।"

"मैं भी तुमसे प्यार करती हूँ, बहुत अधिक।" बिटिना पलँग से उठकर हेल्गा की कुर्सी के हत्थे पर बैठ गयी।

"बिटिना, यहाँ बैठो, पलँग पर और सुनो! तुम जो अपने पिता की वकालत कर रही हो, तो सुन लो, उस आदमी ने कभी, किसी दिन मुझसे प्यार नहीं किया। प्यार किया होता, तो आज यह नौबत नहीं आती। उसने सिर्फ़ मुझ पर दया की है। एक अनाथ लड़की पर, जिसका भाई अस्पताल में न्यूमोनिया से तड़प-तड़प कर मर गया। हाँ, इसी तुम्हारे पिता ने मेरे फफोलों पर रुई का फाहा रखा।"

"ममा, डैड हमेशा यही कहते रहे, 'हेल्गा, अतीत को भूलने की कोशिश करो', पर तुमने हमेशा अपने ज़ख़्मों को ज़िन्दा रखा।"

"इसीलिए कि मैंने तुम्हारे पिता से बार-बार मुक्ति माँगी थी। मुझे नहीं चाहिए था यह घर, ये बच्चे, यह दौलत। मुझे कुछ भी नहीं चाहिए था। कभी नहीं। तुम्हारे जन्म के बाद मैंने उस तुम्हारे बाप से, जो बड़ा कैथोलिक क्रिश्चियन बनता है, सिर्फ़ एक चीज़ माँगी थी कि वह तुम्हें किम्बूत में भेज दे। बस, एक बच्चे को, मेरे ख़ून के टुकड़े को, जो मेरे मक़सद को जिलाये रखे, मगर नहीं, हमेशा वही नकार और साथ में सुनहरे डॉलर के दो-चार ठीकरे; और आज से चार साल पहले तुम्हें याद हैं ना वह गर्मी की छुट्टियाँ! मैं तुम्हें और जिमी को लेकर इज़राइल जाना चाहती थी और हम लोगों में कितना झगड़ा हुआ था। फिर वही नहीं, इस बार तो पैसे भेजने की भी मनाही की। वह क्या सोचता है, क्या वह मुझे बाँधकर रख सकेगा? कभी नहीं। मुझे न उसकी ज़रूरत है, न उसके पैसों की और न तुम लोगों की। मैंने एक ही सच समझा कि कोई किसी का मक़सद नहीं हो सकता। इतने वर्षों में तुम्हारा वह बाप भला आदमी केवल भलमनसाहत का मुखौटा लगाये रखता है, वह देवता बने रहना चाहता है, सलीब पर टँगा रहना चाहता है, ताकि तुम लोग सब हेल्गा से नफ़रत करो। करो, जितनी नफ़रत करनी है, करो!"

"ममा; प्लीज़, इतना क्रूर मत बनिए।"

"क्रूरता...तुमने क्रूरता देखी भी है?"

मैं बुत बनी सब कुछ सुन रही थी। ओह! यह कैसा रविवार! आज सुबह से ही जाने कौन-सी पिशाच-लीला चल रही है! एक घर को धीरे-धीरे

टूटते हुए देख रही हूँ। हर घण्टा अपने पिछले घण्टे से और अधिक निष्ठुर, क्रूर, आहत करने वाला। कहाँ हम लोग पिकनिक पर जा रहे थे, और कहाँ यह गृहदाह! जैसे सुबह किसी ने मकान की छत उखाड़ ली, फिर खिड़की-दरवाज़ों के पल्लों को खोलकर रख दिया, अब मानो कोई धीरे-धीरे निःशब्द दीवारों को गिराता जा रहा है। ...और कहीं कोई है, जो इस घर की नींव में बैठा कातर स्वर में प्रभु से प्रार्थना कर रहा है, "जीसस, मेरे घर को बचा लो! यूँ मत तोड़ो जीसस! हेल्गा को सद्बुद्धि दो!"

पता नहीं क्यों आज इतने वर्षों बाद बाबूजी की इतनी याद आ रही है! ऐसा ही वह एक रविवार था और मैं स्कूल से पिकनिक पर गयी थी, पर न जाने क्यों सुबह से मन उदास था। सबसे अधिक हो-हल्ला करने वाली लड़की यदि चुप हो तो साथ में गयी हुई अध्यापिका को भी चिन्ता होने लगती है। सेवा बहन जी ने बुलाकर पूछा भी, "क्या बात है, तुम आज इतनी चुपचाप?"

पता नहीं, बस, ऐसे ही का क्या माने? फिर रात को बाबूजी के देहान्त का समाचार मैंने एकदम से चलती हुई फ़िल्म को झटका दिया और हेल्गा की ओर देखा। हेल्गा बोले चली जा रही थी। भीतर के बड़वानल से चटक-चटक कर लकड़ियाँ इधर-उधर फूट रही थीं। बिटिना की झरझर बरसती हुई आँखें। हाय बेचारी! हेल्गा मूर्तिवत बैठी थी।

"एनफ़-एनफ़ हेल्गा, मैं नहीं समझ पा रही कि माँ-बाप के झगड़े में बेचारी लड़की का क्या दोष है?"

"प्रभा, तुम्हारे प्रश्नों का मेरे पास उत्तर नहीं। हाँ, बिटिना, ज़रा रुको!"

हेल्गा ने अलमारी खोली और एक छोटा-सा गहने का बक्सा बिटिना के हाथों में थमा दिया, "इसमें वे सब गहने हैं, जो तुम्हारी दीदी के थे। तुम लोग सब आपस में बाँट लेना।" बिटिना बुक्का फाड़कर रो पड़ी। सीढ़ियों पर डॉक्टर बेरी के क़दमों की आहट थी।

"बिटिना, प्लीज़, रोओ मत, रोओ मत बिटिना!"

कहते हुए मैं क़रीब-क़रीब ज़बर्दस्ती घसीटते हुए उसको अपने कमरे में लेकर आ गयी। बिटिना रोये जा रही थी। मेरी आँखें खुद बरस रही थीं। मैंने नीचे आकर नैनी से पूछा कि बिटिना को कैसे सँभाला जाये?

नैनी की गोद में दोनों छोटे बच्चे सहमे हुए बैठे थे। दो गिलास हॉट चॉकलेट लेकर मैं ऊपर वापस बिटिना के पास आ गयी। अब तक वह काफ़ी सँभल चुकी थी।

"बिटिना चॉकलेट पी लो!"

"यस, थैंक यू। तुम भी पी लो। सुबह से तुमने भी कुछ नहीं खाया।" हॉट चॉकलेट पीते हुए वह कहने लगी, "प्रभा, ममा रात-दिन बदले की आग कुरेदती रहती हैं। वह अपने दुःखों को भूलना नहीं चाहतीं। वह भूल जातीं, तो हमारा परिवार कितना सुखी परिवार होता! ...डैड! बेचारे डैड हमेशा ममा को खुश करने की चेष्टा में लगे रहते हैं।"

"हाँ, यह सच है।" मेरे कानों में हेल्गा के शब्द टकराये, "मैं नहीं चाहती कि अपने दुःखों को भूल जाऊँ। आदमी यदि ऐसे दुःखों को भूलता है, तब आदमी नहीं रह जाता। वह जानवर भी नहीं रहता, क्योंकि बदले की आग तो शेरनी में भी रहती है, नागिन भी बदला लिए बिना नहीं मानती। केवल लौह के पुर्जे हैं, जो खटाखट मशीनों में फिट होते हैं, घिसते हैं, फेंक दिये जाते हैं। मैं मशीन का पुर्जा नहीं, मैं बदले की आग में सुलगती हुई औरत हूँ।"

बिटिना खिड़की पर खड़ी होकर खाली आकाश की ओर घूरने लगी, फिर धीरे-से मेरी ओर घूमकर उसने देखा, सूजी हुई लाल आँखें, "प्रभा, ममा जायेंगी। वे जो कहती हैं, वही करती हैं। हम सब कहीं-न-कहीं चले जायेंगे, पर डैड का क्या होगा? उनका बुढ़ापा? डैड लव हर सो मच, सो मच।"

"बिटिना, रोओ मत, बिटिना! आज इस घर में सब रो रहे हैं।"

मेरी भी आँखें बरस रही थीं। सहसा उसने तड़पकर पूछा, "सच कहो, तुमने ममा की आँखों में आँसू देखा? क्या वह तुम्हें पागल नहीं लगतीं?"

मैं चुप थी। शाम ढल रही थी। नीचे किचिन से नैनी की आवाज़ आयी, "आज कोई खाना खायेगा या फिर मैं जाकर सो जाऊँ? हमेशा के लिए।"

सेंट लुइस से मैंने ग्रेहाउंड बस का टिकट लिया। पैसा कम लगेगा। मैं खुद अब उस घर को छोड़ने की जल्दी में थी। हेल्गा का पत्थर चेहरा, फटी-फटी-सी आँखें। वह ज़िन्दा थी या मरी हुई? वह हँस रही थी या रो रही थी? उसने क्या कभी किसी को प्यार किया भी? प्रश्नों की चिनगारियाँ खुद मेरे दिमाग़ में चटक रही थीं। एक टूटते हुए घर से विदा लेती हुई मैं खुद रो पड़ी। बिटिना की लाल आँखें, जिमी का नीचे उतरना, नन्हे हैरी का बार-बार हेल्गा को छूने का प्रयास करना और बरामदे में डॉक्टर बेरी की चहलक़दमी।

सेंट लुइस से न्यूयॉर्क एक लम्बी बस की यात्रा। आधे अमेरिका को पार करना। हेल्गा का कहना था कि तुम्हें रियल अमेरिका देखने को मिलेगा। बिटिना ने कहा था कि रविवार तक तुम अमेरिका की अगली रियल पीढ़ी देखोगी। सब कुछ रियल, पर मुझे न जाने क्यों इतना मायावी लग रहा था? टूटते हुए, झरते हुए, ख़त्म होते हुए रिश्ते। खट्टे सिरके में आजीवन डूबे लोग। क्या यही है रियल अमेरिका?...और फिर इतने उदार दिल, इतने खुले हुए। जिन बातों को कभी घर में अम्मा या जीजी लोग चुपचुप करतीं, हम लोग छोटी बहनों के आते ही चुप्पी या फिर अम्मा की डाँट, "जाओ, अपना काम करो।" उन्हीं बातों को ये लोग इतना खुलकर बेहिचक कैसे कर लेते हैं!

"अम्मा कुछ भी तो करने को नहीं है।"

"रविवार की छुट्टी क्या हो जाती है, यह छोरी मेरा प्राण ले लेती है।"

"आप कहीं जाने नहीं देतीं, किसी दोस्त को बुलाने नहीं देतीं, फ़ोन पर बातें नहीं करने देतीं। जीजी, ज़रा तू ही समझा न अम्मा को।"

"पढ़ती क्यों नहीं?" बड़ी जीजी ने पूछा।

"कहानी की एक ही किताब कितनी बार पढ़ूँ? कल तीसरी बार तो शरत्चन्द्र की 'बिराज बहू' पढ़ ली है।"

अम्मा ने जीजी से कहा, "गीता की डॉक्टरी की किताबें ज़्यादा मोटी हैं, यह क्या करेगी, मेरी समझ में नहीं आवे। इसका ब्याह हो जाता, तो पिण्ड छूटता।"

"पर माँ, वह गीता के पहले कैसे?...और गीता डॉक्टरी पास किये बिना ब्याह नहीं करेगी।"

"हाँ, यह बात तो है।"

अम्मा को अपनी डॉक्टर होने वाली बेटी पर बेहद नाज़ था। ग्रेस, एनाटॉमी की ढाई किलो वज़न वाली किताब रिश्तेदारों को दिखाई जाती।

"प्रभा क्या कर रही है?"

"प्रेसीडेंसी कॉलेज में, दर्शन में..." ताई-चाचियों को आधी बात समझ में नहीं आती।

"ला पढ़ रही है? बैरिस्टर बनेगी?" एक बार कभी मामाजी ने पूछा था।

"नहीं, मेरा मन कविता लिखने में ज़्यादा लगता है।"

बाद में मामा जी ने अम्मा को हिदायत दी, "कविता लिखने वाला व्यक्ति ज़्यादा रोमांटिक होता है। बाई, इसका ब्याह कराओ, नहीं तो नाक कटायेगी।"

"पर कोई सम्बन्ध तो आवे? फिलन्दरी-सी तो फिरती रहवे, छुट्टी हो जावे तो घर काटण लागे।"

बात अम्मा ठीक ही कहती थीं। घर जैसी बोरिंग जगह मुझे और कहीं नहीं लगी, पर यहाँ घर के लोग ज़रूर याद आते थे। ...और यहाँ एक टूटते घर को छोड़कर जा रही हूँ। कलकत्ता में एक स्थायी पुख़्ता नींव पर बना हुआ घर है, जो मेरा नहीं, भैया लोगों का है। चिट्ठियों में हिदायतें भरी रहतीं, "वहाँ कुछ कर सको, तो करो, वहीं रह जाओ।" गीता का कहना था, कलकत्ता आते ही माँ ब्याह कर देंगी, पर मैं भी क्या-क्या सपने देख रही थी और सारी बातों का एक ही उत्तर मेरे पास था,

"आर्थिक स्वतन्त्रता मेरी पहली ज़रूरत है। कलकत्ता लौटकर अपने पैरों पर खड़ा होना है। हेल्थ क्लीनिक खोलूँगी, पर पैसे? पहले ट्रेनिंग तो पूरी करूँ। मिसेज़ डी. ने कहा था, 'असल ट्रेनिंग तुम्हारी न्यूयॉर्क में होगी। वहाँ के सारे हेल्थ क्लीनिक-ब्यूटी पार्लर सब कुछ देखना। मेरी बहन कैथी सच में बहुत अच्छी है।'"

बस झटके से रुकी। लोग उतरने लगे। मैंने बगल में बैठे आदमी से पूछा, "क्या हम न्यूयॉर्क आ गये हैं?"

"न्यूयॉर्क! इतनी जल्दी! पागल हुई हो। कल सुबह पाँच बजे पहुँचेंगे।"

मैंने घड़ी देखी। सुबह ग्यारह बजे से चली हुई बस। अभी शाम के पाँच बजे हैं। पिछले छह घण्टों से मीलों केवल मक्का के खेत, लम्बी सपाट सड़कों का ताना-बाना, उन पर क़तारों में दौड़ती गाड़ियाँ, एक साथ पचास-पचास गाड़ियों को खिलौने की तरह सजाकर ले जाती हुई बड़ी-बड़ी लारियाँ, खुला नीला आकाश, बादलों के टुकड़े और कुछ नहीं। बीच-बीच में पेट्रोल पम्प। हर पम्प के पास बने हुए बाथरूम। आधा फर्लांग पर या पम्प के बगल में ड्राइव इन रेस्टोरेंट। हर पौने घण्टे में, आधे घण्टे में यही तस्वीर बिल्कुल एक-सी। जी भर गया मक्का के खेतों को देखते-देखते। बस में चढ़ते-उतरते लोग। बदलती हुई सवारियाँ और कुछ मेरी तरह लम्बे सफ़र में जाने वाले स्थायी यात्री। हर जगह कुछ-न-कुछ खाने-पीने का सामान लेकर चढ़ते-उतरते लोग। अब तक पिछले छह घण्टे से मैं एक ही जगह बैठी थी। न पानी पीने उतरी और न कुछ ख़रीदा। जब भीतर कुछ बहुत खौलता हो तो हम बाहर देखते हुए भी कुछ नहीं देखते।

अचानक किसी ने कोकाकोला का डब्बा मेरे सामने रखते हुए कहा, "प्लीज़, हैव इट।" देखा एक काला आदमी खड़ा था। उसने फिर कहा, "मैं कब से देख रहा हूँ, तुमने कुछ भी नहीं खाया है। पैसा नहीं है, तो मुझसे उधार ले लो।" उसने दस डॉलर बढ़ाये।

"नहीं-नहीं।" मेरे कान लाल हो गये, "ऐसी बात नहीं है। मैं ज़रा ख़यालों में खोयी हुई थी।"

"तब कोक पी लो।" उसकी आँखों में आग्रह था।

"धन्यवाद!"

हेल्गा ने कहा था, न्यूयॉर्क में काले लोगों से सावधान रहने के लिए। बगल में बैठा अमेरिकन बूढ़ा उतर गया था। बस जब चली, तब वही काला आदमी आकर बगल में बैठ गया। सफ़ेद दाँतों की झलक में उसने पूछा, "कहाँ जा रही हो, नुआर्क?"

मैंने कहा, "हाँ, न्यूयॉर्क।"

"नौकरी पर कोई बाउस मिला?"

"बॉस नहीं, दोस्त के यहाँ।"

हेल्गा ने काले आदमी से बात भी करने से मना किया था, फिर दिमाग़ में टकराया। कोक पीकर मैं खिड़की से बाहर देखने लगी। अचानक मज़बूत हाथों से कन्धा पकड़कर घुमाया, "डान फी लाक टॉकिंग...?"

मुझे उसकी अंग्रेज़ी समझ में नहीं आ रही थी। मैंने कहा, "नहीं, मैं पीछे एक दोस्त छोड़ आयी हूँ। उसी के बारे में सोच रही हूँ।"

"तब उसके बारे में बातें करो, जी हलका हो जायेगा।"

हेल्गा ने काले आदमी के पास बैठने से भी मना किया था और यह तो ख़ुद ही आकर बैठ गया है, फिर इसकी बक-बक जिसमें आधी बात समझ में नहीं आ रही थी!

"बात करने का मेरा मन नहीं कर रहा।"

तब तक वह चिढ़कर बोला, "गो फक यो सेफ़।"

मैंने मुँह घुमा लिया। कान झनझना उठे। हेल्गा ने ठीक ही कहा था। मैंने सोने का बहाना किया। वह कोई धुन गुनगुनाने लगा।

बस झटके से रुकी। शायद मैं सच में ही सो गयी थी। देखा, सब उतर रहे हैं। बगल की सीट ख़ाली है। राहत मिली। शाम ढल चुकी थी। सड़क पर नारंगी रंग की बत्तियाँ जगमगा रही थीं। अँगड़ाई लेकर उठी। नीचे उतरकर पहले लेडीज़ की ओर गयी, बाद में पम्प के पास वाले बिस्ट्रो में। मज़े की ठण्ड पड़ रही थी और मैं बिना कोट के नीचे उतर आयी थी।

"वन फ्रेंच फ्राई, वन चीज़ टोस्ट एंड कॉफ़ी।"

खाना शुरू किया ही था कि काले भूत-सा वह फिर आकर खड़ा हो गया।

"ठण्ड नहीं लग रही?"

"नहीं।"

"झूठ बोल रही हो। लो मेरा कोट ओढ़ लो।"

"नहीं-नहीं..."

"तुम इतनी अनफ्रेंडली क्यों हो? यू हेट मी?"

"नहीं।"

"यू फियर मी?"

"नहीं।"

"फिर?"

"कुछ नहीं।"

"यू आर इम्पॉसिबल..." चिढ़कर चला गया।

हेल्गा ने कहा था, काले आदमी ख़तरनाक होते हैं। यह तो पीछे ही पड़ गया है। ओहायो तक आते-आते बस काफ़ी खाली हो गयी थी। भीतर अब कम यात्री थे। हम सब अपनी-अपनी सीट पर अधलेटे हो गये। अबकी बार वह मेरे पास नहीं बैठा। चलती हुई जगह-जगह रुकती हुई बस सुबह साढ़े पाँच बजे न्यूयॉर्क पहुँची। ड्राइवर की आवाज़ से हम सब ऊँघते हुए उठ बैठे। बस से उतरकर अपना सामान लिया। स्टॉप पर कॉफ़ी चहल-पहल थी। लग नहीं रहा था कि सुबह के साढ़े पाँच बजे हैं। मुझसे हेल्गा ने कहा था, "न्यूयॉर्क में टैक्सी एकदम सेफ़ है। तुम टैक्सी वाले को डॉक्टर ब्रैडले मूर का पता पकड़ा देना। 119/57-ईस्ट, थर्ड एवेन्यू।"

टैक्सी वाला भी नीग्रो था। पीछे की डिक्की खोलकर खड़ा हो गया। बक्सा भारी था। मैंने कहा, "प्लीज़ हेल्प!"

"नॉट माई जॉब।"

"ओह!"

तब तक दो मज़बूत हाथों ने बक्सा उठाकर डिक्की में रखा। अरे, वही बस वाला काला नीग्रो! उस ठण्ड में भी मेरे माथे पर पसीना छलक आया। यहाँ तो चारों ओर काले ही काले नज़र आ रहे हैं और हेल्गा ने कहा था...

तब तक वह बोला, "तुम कहाँ जा रही हो?"

"मैंने पता दे दिया है।"

"तुम मुझसे इतना डर क्यों रही हो? मैं दोस्त हूँ। भला आदमी हूँ। यू मेक मी फ़ील बेड, ह्वाई?"

"नहीं-नहीं, ऐसी कोई बात नहीं।"

उसने तर्जनी से मेरे माथे को छूकर कहा, "यू आर नर्वस। आय वान टू बी यो फ्रेंड, वट यू आर नर्वस।"

"थैंक्स!" कहते हुए मैं टैक्सी में बैठ गयी। उसने कन्धे उचकाये और सड़क पार कर गया। हेल्गा ने कहा था, "काले लोगों से हमेशा दूर रहना। चाहे कहीं भी जाओ, उनसे कभी मत उलझना!"

हेल्गा ख़ुद भी नस्लवाद की शिकार है।

टैक्सी चल पड़ी। ओह! यह न्यूयॉर्क है, पर जब से उतरी हूँ 'नुआर्क' सम्बोधन सुन रही हूँ। अब तक मुझे कहीं भी अंग्रेज़ी समझने में असुविधा नहीं हुई, पर यहाँ तो हर बात को दुबारा दोहराने का अनुरोध करना पड़ता है। लोग इतनी जल्दी और इतना कुछ बोलते हैं कि मेरे पल्ले तो आधी ही बात पड़ती है। अब यह टैक्सी वाला तब से बक-बक कर रहा है। इसके काले देशज उच्चारण से मुझे यही नहीं समझ में आया। वहाँ दो दिन पहले बर्फ़ गिरी थी। टेम्प्रेचर माइनस 10 डिग्री था, पर इस बर्फ़ में लोगों का काम पर जाना, ढेरों लोगों का जत्था-का-जत्था इतनी सुबह और ये ऊँची-ऊँची इमारतें, जिनकी छतें नहीं दिखतीं। अवाक्-सी मैं देख रही थी। टैक्सी रुकी एक बड़े-से मकान के सामने।

"हेयर यू आर नम्बर 119/57 ईस्ट, थर्ड एवेन्यू। गिव मी फाई बक।"

मीटर में देखा चार डॉलर दस सेंट था।

"चेंज, प्लीज़।"

"नो टिप?"

उसकी जलती आँखों और फिर गालियों की बौछार, "जब तुम लोग इतने ग़रीब हो, तब क्यों टैक्सी में बैठते हो? सबवे में क्यों नहीं?" फ़ुटपाथ पर बक्सा रखकर वह चलता बना। जाते-जाते कह गया, "सिली गाल!"

मेरे मुँह से निकला, "सूअर कहीं का!" फिर ख़ुद पर झुँझलाहट हुई। सीधे प्लेन में आ जाती, तो अच्छा रहता। डॉक्टर मूर ख़ुद रिसीव कर लेते। लो, देखो, रियल अमेरिका!

बक्सा खींचती हुई मकान के भीतर गयी। बर्फ़ीली हवा। लगा हड्डियाँ भी गल जायेंगी। मकान के भीतर रिसेप्शन काउंटर था। डॉक्टर ब्रैडले मूर का नाम पूछने पर पता चला 44वें तल्ले पर फ्लैट 4402 है।

नीचे से उसने फ़ोन पर पूछा। उत्तर था, ऊपर भेज दो। अजीब लोग हैं। डॉक्टर चोपड़ा की तरह कहीं यहाँ भी मैं बोझ तो नहीं? चलो, देखती हूँ। दरबान ने बक्सा लिफ़्ट में रख दिया। 44 वें तल्ले पर पहुँचने में दो मिनट लगे। काले ग्रेनाइट की शीशे-सी चमकती हुई लॉबी। सामने एक पतले, औसत लम्बाई के व्यक्ति दिखे। हाथ बढ़ाकर कहा, "मैं डॉक्टर ब्रैडले मूर।" बक्सा उठाकर वह आगे-आगे।

भीतर फ़्लैट में जाते ही मेरी आँखें खुली रह गयीं। ओह! इतनी ऊँचाई पर यह फ़्लैट है, या अमरावती? ड्राइंग रूम के बीचोबीच जापानी बगीचा। छोटा-सा टी हाउस, फिर विक्टोरियन स्टाइल का ड्राइंग रूम का पसार, काँच की बड़ी-सी खिड़की पूरब को खुलती हुई, बालकनी से नीचे झाँकने में डर लगे और सामने बह रही थी हडसन नदी। उस पर पुल के ऊपर पुल, चींटियों-सी रेंगती असंख्य गाड़ियाँ। कुहासे को चीरकर अभी-अभी सूरज निकला था। बाहर मकानों की खिड़कियों पर बर्फ़ चमक रही थी। इतने में एक खनकती हुई हँसी और बाँहों में लपेटता हुआ स्वर, "मैं हूँ कैथरीन मूर, पर तुम मुझे कैथी कहो। तुम्हें पाकर बहुत ख़ुश हूँ। एक महीने के लिए बड़ा अच्छा शगल रहेगा। हम लोग ख़ूब घूमेंगे। मैं तुम्हें सब कुछ सिखा दूँगी।"

"आप ख़ुद ब्यूटीशियन हैं?"

"मैं सब कुछ हूँ।" फिर वही जलतरंग-सी बजती हुई हंसी, "क्या लोगी, कॉफ़ी या चाय?"

"कॉफ़ी।"

"गुड! मुझे चाय नहीं बनानी पड़ेगी। ब्रैडी डार्लिंग, कॉफ़ी कहाँ पर लोगे? यहाँ आकर बैठो ना! हम लोग नये दोस्त से बातें करेंगे।"

मियाँ-बीवी। पति साइकियाट्रिस्ट। अमेरिकन भाषा में जिन्हें श्रिंक कहा जाता। अच्छी-ख़ासी कमाई। कैथी कुछ नही करतीं। उसका कहना था कि मुझे थोड़ा वक़्त मिले तब न कुछ करूँ। पहली मुलाक़ात में यह पूछने का साहस नहीं हुआ कि जब तुम कुछ नहीं करतीं, तब वक़्त क्यों नहीं मिलता? ख़ैर, बाद में पूछने की ज़रूरत नहीं हुई। ख़ुद मुझे ही समझ में आ गया। बायीं आँख दबाकर वह फिर खिलखिलाकर बोली, "ब्रैडी इतना कमाता है। ख़र्च करने के लिए भी तो मेरे पास वक़्त होना चाहिए।"

कुल मिलाकर पहली बार लगा कि स्वतन्त्र आत्मविश्वासी औरत से मिल रही हूँ जो प्रपात-सी झरती हुई ज़िन्दगी की मिसाल है। बहुत ही भा गयी वह। औरत हो, तो कैथी जैसी। ज़िन्दगी कोई जिये तो कैथी जैसी। मस्ती में कोई नाचे-गये, दोस्तों का जमघट जमाये तो कैथी की तरह।... और सारे कारनामों के बीच डॉक्टर मूर कहीं नहीं आते थे। पूरे फ़्लैट में, उसकी बेहतरीन सजावट में कैथी फैली हुई थी। काँच की खिड़की-दरवाज़ों में कैथी की आँखों की चमक थी। तीस-बत्तीस साल की वह बेहद ज़िन्दादिल अमेरिकन औरत आज भी मन में बसी हुई है। कोई कुण्ठा नहीं, कोई महत्त्वाकांक्षा भी नहीं। किसी की ज़िन्दगी को न उसे बनाने का शौक़, न बिगाड़ने का। वह अपने में मगन। "बच्चा नहीं चाहिए। अपने-आपकी बच्चे के लिए आहुति हो जाती है, मुझसे बच्चा नहीं सँभलेगा। बेबी सिटर पर पालने से अच्छा है, पैदा मत करो। फिर ब्रैडी है ना, मेरा असली बच्चा!" वही खिलखिलाहट।

"माँ बनने की क्या इच्छा नहीं होती?"

"नहीं, अभी तो नहीं। आदमी अपने-आपको जब जैसा चाहे आत्म-सम्मोहित करके जी सकता है।"

"वह कैसे?"

"जीने का असली राज़ है कि आपको सही तरीक़े का आत्मसम्मोहन आना चाहिए। ख़ूबसूरत भ्रमों को जिलाये रखना चाहिए।" वह अपना फ़्लैट दिखलाती हुई कह रही थी, "यह देख यहाँ!"

कुल मिलाकर कैथी का दर्शन मैंने तो किसी दार्शनिक के सिद्धान्तों में अब तक नहीं पाया। कैथी ने कहा, "पाँच कमरों वाले फ़्लैट को देखकर यह मत समझो कि यहाँ एल. ए. की तरह फैलाव है। यहाँ न किसी के पास समय है और न स्थान।" मैंने देखा पलँग के नीचे दराज। दिन में पलँग को उठाकर दीवार से चिपका दिया, जिस पर ऐसी नक़्क़ाशी और शीशे थे, जिसको देखकर लगेगा मानो दीवार में तीन फ़ीट चौड़ी और छह फ़ीट लम्बाई में पेंटिंग। आईना, और न जाने सजावट का कितना कुछ, बाक़ी तीन फ़ीट को गिराकर साढ़े तीन फ़ीट चौड़ी और ढाई फ़ीट ऊँची टेबल काम करने के लिए बन गयी। वही आठ फ़ीट लम्बा तथा दस फ़ीट चौड़ा

कमरा ऑफ़िस बन गया। शाम को खाने की वही मेज़ काम के लिए। कैथी का न्यूयॉर्कियन अंग्रेज़ी उच्चारण और जल्दी-जल्दी बोलना मुझे कुछ समझ में नहीं आ रहा था। सुबह से अब तक मैं यह सोच रही थी शायद मेरी अंग्रेज़ी ख़राब है, पर कैथी इतनी जल्दी बात करती थी कि अन्त में कहना पड़ा, "कैथी, पता नहीं क्यों मैं यहाँ अंग्रेज़ी नहीं समझ पा रही, जबकि अब तक मुझे कहीं भी कठिनाई नहीं हो रही थी।"

"सॉरी, प्रभा, यहाँ हम लोग सब कुछ जल्दी में करते हैं। बोलना, चलना, खाना और हमारे उच्चारण भी इसी जल्दीबाज़ी के कारण इतने बिगड़े हुए..."

"ऐसा नहीं क्या कि दो-तिहाई जनसंख्या बाहर से आये हुए लोगों की है?"

"नहीं, यह बात नहीं। भाषा उच्चारण सुधारने के लिए ढेरों स्कूल हैं, मगर फिर भी यदि दस अक्षर के बदले चार अक्षर से कोई शब्द बनता है, हम लोग उसी मुहावरे को पकड़ लेते हैं। हमारा पूरा अस्तित्व चक्राकार तूफ़ान है।"

"कैसे जीते हो?"

"बड़े आराम से। देखो, मुझे क्या तकलीफ़ है?"

कैथी के घर में टी. वी. नहीं देखा। पूछने पर कहा, "मैं नहीं रखती। दिन-भर ब्रैडी काम में व्यस्त रहें और शाम को खेल देखने बैठ जायें। नहीं, ऐसा नहीं हो सकता। संवाद ज़रूरी है आपस में और टेलीविज़न आपसी संवाद को तोड़ता है। तुम बीच में मुझे कहाँ से कहाँ ले गयीं? मैं जगह की बात कर रही थी। तुम्हें अपनी एक दोस्त के यहाँ ले चलूँगी। एक कमरे में वे क्या करते हैं, ख़ुद अपनी आँखों से देखना। यहाँ पागलों की तरह लोग घर खोजते रहते हैं और उतने ही बदलते हैं। मुझे मेरे पड़ोसी के बारे में पता नहीं। यदि एक साल में चार पड़ोसी बदलें तब कहाँ तक नाम याद रखा जाये।"

"तुमने कितनी बार अपना घर बदला है, शादी के बाद?"

"अभी तो नहीं।"

"क्यों तुम अभी कह रही थीं कि लोग बहुत घर बदलते हैं, साल में दो-चार बार।"

"हाँ-हाँ, मगर अभी तो मेरी शादी को कुल छह महीने हुए हैं। हम दोनों विवाहित थे। पिछली सारी कड़वाहटें झेलकर शादी करना आसान नहीं था।"

"इसके पहले कहाँ थे?"

"मैं टेक्सास में थी, डैड के पास और ब्रैडी यहीं पर था।"

"फिर मिले कहाँ?"

"यूँ ही चलते-चलते। मैं न्यूयॉर्क घूमने आयी थी। ठीक घूमना नहीं। मेरी इच्छा थी कि अभिनेत्री बनूँ। किसी अच्छे नाटक में काम करूँ। डैड बहुत नाराज़ हुए, ममी छिपाकर पैसा भेजती थीं, लेकिन वह भी कितने दिन? मैंने प्लाज़ा होटल में रिसेप्शनिस्ट का काम ले लिया। ब्रैडी बोस्टन से आकर उसी होटल में ठहरा था। प्रेम हुआ, शादी कर ली, फिर यहीं बस गये।"

"और ब्रैडी की पहली पत्नी?"

"बोस्टन में है, अथाह सम्पत्ति की मालकिन। ब्रैडी को हरजाने में बीस लाख डॉलर देने पड़े। दिया, मगर उससे क्या फ़र्क़ पड़ता है? वह बहुत कमाता है। फिर डैड ने हम दोनों बहनों को, एलिज़ा और मुझे, काफ़ी पैसा दिया है। इतना पैसा दिया है कि मैं अपनी इस ज़िन्दगी में खाकर ख़त्म नहीं कर सकती।"

कैथी की बातें ख़त्म ही नहीं होती थीं। एक सवाल के जवाब में मूल तने से फूटती हुई शाखाएँ-प्रशाखाएँ। जब तक दूसरा सवाल न दागो, वह पहले का ही उत्तर देती रहती, फिर ख़ुद ही पूछती, "मैं बहुत बोलती हूँ ना? देखो, मुझे यानी न्यूयॉर्क में रहने वाले हर व्यक्ति को दो बातों का बेहद शौक़ होता है, रेस्टोरेंट और सिनेमा या ड्रामा का।"

"यह तो लॉस एंजेल्स में भी है।"

"अरे, नहीं अभी सेवंथ एवेन्यू पर एक रेस्टोरेंट खुलने वाला है। जानती हो खुलने के पहले ही वह दो महीने के लिए पूरा बुक हो चुका है।"

दूसरे दिन कैथी और हम निकले।

"अरे तुम्हारे पास ऊनी कोट नहीं?"

"मगर ऐसी कोई ठण्ड भी तो नहीं? स्वेटर और बरसाती से..."

उसने ऊपर से नीचे तक मुझे देखा, फिर हाथ खींचती हुई लिफ़्ट के भीतर। दो मिनट बाद फ़्लैट में, आधे मिनट में उसके ड्रेसिंग रूम में।

"ये सारे कपड़े उतारो। कहाँ से ख़रीदे तुमने ये पुराने फ़ैशन के कपड़े?"

मेरे स्वाभिमान को ठेस पहुँची।

"कैथी, मैं जैसी हूँ ठीक हूँ। फ़ैशन के कपड़े ख़रीदने के लिए पैसे चाहिए..."

इतने में वह गले लिपटकर बोली, "और न्यूयॉर्क में पैसे कमाने के लिए अच्छे कपड़े चाहिए। प्रभा, तुमको छोटा महसूस करवाने का मेरा इरादा नहीं था, मगर हम जिस जगह जा रहे हैं, वहाँ के हिसाब से यदि कपड़े पहनकर चलोगी, तो तुम्हें सुविधा होगी।"

"कैथी, मैं विदेशिन हूँ। मेरे देश में क्या तुम साड़ी पहनकर चलोगी?"

"तुम इतनी सेंसिटिव क्यों हो? व्यावहारिक बनो। यह क्यों नहीं समझना चाहतीं कि तुम्हें व्यवसाय सीखना है, किसी का काम करने का तरीक़ा समझना है। वहाँ अलग से आँखों में खटको नहीं। क्या इतनी-सी व्यावहारिक बात समझ में नहीं आती?"

"मगर मैं कहाँ से कपड़े लाऊँ?"

"क्यों, क्या दोस्त के कपड़े कोई नहीं पहनता? अच्छा, यह बताओ तो, तुममें इतना हीनभाव क्यों है?"

"जिसे तुम हीनभाव कह रही हो, वह मेरा आत्मसम्मान भी तो हो सकता है?"

"नहीं, यह हीनभाव है।"

वह सीधे मेरी आँखों में देख रही थी, "मुझसे नज़र मत चुराओ।"

"तुम अमीर देश की, अमीर बाप की, अमीर आदमी की बीवी, तुम कैसे समझोगी कि यहाँ आकर कैसे हम लोगों को एक-एक डॉलर के लिए मोहताज़ होना पड़ता है।"

स्वरों में छिपी तल्ख़ी और आँखों की भाप। उसने आगे बढ़कर दोनों हाथों में मेरा चेहरा थाम लिया।

"प्रभा, औरत अभी मनुष्य श्रेणी में नहीं गिनी जाती और तुम अमीर-गरीब का सवाल उठा रही हो? राष्ट्र का भेद समझा रही हो? माय स्वीट हार्ट! हम सब अर्ध-मानव हैं। पहले व्यक्ति तो बनो, उसके बाद बात करना। चलो, कपड़े बदलो, तुम्हारा-मेरा क़द एक-सा है।"

“मेरी कमर चौड़ी है।”

“मेर पास इलास्टिक की पैंट भी है।”

वह कपड़े पकड़ाती जा रही थी, “यह लो शर्ट, यह स्कार्फ़, यह स्वेटर, यह कोट। बालों को खुला रखो। यह क्या बच्चों का पोनी टेल बाँध रखी है? देखो, यह स्पोर्टी लुक कितना अच्छा लग रहा है, है ना?”

मुझे आइलिन की बात याद आ गयी, “हूँ, क्लारा ब्राउन सुन्दर है। नौ दर्ज़ी मिलकर एक राजा को बनाते हैं।”

सड़क पर चलते हुए हम दोनों अलग-अलग दिशाओं की ओर देख रहे थे। कैथी की नज़र सीधी, आश्वस्त क़दम और मैं कभी बायें दुकानों में सजी चीज़ें, कभी आकाश को छूती ऊँची छतें, कभी बगल में चलते राहगीरों से टकराती हुई। कैथी ने हँसकर बाँहों में समेटकर कहा, “दुनिया के इस महानगर को एक ही छलाँग में देख लोगी? लो तुम तो बहक रही हो।”

“नहीं।”

“फिर झूठ बोलती हो? यदि शर्म आयी, तो कहो हाँ, ना कहने की क्या ज़रूरत?”

“बात यह है, कैथी, हम लोग दो बिल्कुल भिन्न-भिन्न बैकग्राउंड से आ रहे हैं और सच कहूँ कैथी, इतना वैभव, इतनी तेज़ रफ़्तार ज़िन्दगी, सामानों से लदी हुई दुकानें मैंने लॉस एंजेल्स में भी नहीं देखीं।”

“अरे एल. ए. रूमानी शहर है। न्यूयॉर्क व्यावसायिक शहर है। यहाँ सुबह आदमी रॉकफ़ेलर होने का सपना लेकर अपनी साठवीं मंज़िल के ऑफ़िस में जाता है और शाम को दिवालिया होकर अपनी खिड़की से छलाँग लगा लेता है। जानती हो प्रभा, मुझे यह शहर बहुत एक्साइट करता है। यह जो गो-गो है, चलो-चलो, चलते रहो, रुको मत, बहते रहो मेरी नसों में ख़ून की तरह, जो निरन्तर बहता है। यहाँ रोज़ कुछ-न-कुछ देखने को मिलता है। यह देखो, इस आदमी को, सड़क के कोने पर अपना ठेला लिए हॉट डॉग और बेगल बेच रहा है। इसके हॉट डॉग में जो स्वाद होगा, वह तुम्हें कहीं नहीं मिलेगा।”

“कैथी, तुम अपनी कोई ट्रेवल कम्पनी क्यों नहीं खोल लेतीं?”

“अरे, सोचा था, पर यह ब्रैडी है न, शॉविनिस्ट पिग (पुरुष अहंकारी सूअर) मुझे कोई काम नहीं करने देगा। अच्छा अब हम लोग सैंतालीस पर हैं। दाहिने मुड़ो, मैडिसन एवेन्यू तक जाना है। न्यूयॉर्क में रास्ता समझना बड़ा आसान है। पूरब में हडसन से शुरू होता है। फर्स्ट एवेन्यू, सेकेंड, थर्ड... इस प्रकार लेक्सिंगटन, उसके आगे आठ और पश्चिम तक, उत्तर से यूँ सोचो हमारे घर से हम लोग एक-एक ब्लॉक पार कर रहे हैं। 57, 56, 55, 54 सीधी सड़कें पूरब से पश्चिम तक शहर को काटती हुईं। टैक्सी वाले को पता दो, तब कहो मैडिसन 37 ईस्ट या वेस्ट। मैडिसन एवेन्यू मेरुदण्ड है, फिर आयेगा टाइम्स स्क्वायर...”

अचानक दूर से आती टैक्सी को हाथ उठाकर कैथी ने रोका। मुझे भीतर ढकेलती हुई ख़ुद बैठी, “ऑफ़ ब्रॉडवे, एस्टरों” सब कुछ इतनी-जल्दी, मानो एक साँस फेफड़ों से निकली, टैक्सी को रोककर दरवाज़ा खोल गयी और फिर वापस फेफड़ों में क्षण-भर सुस्ताने लगी, फिर राहत के साथ उसने मेरी ओर देखा। कैथी की बड़ी-बड़ी बादामी आँखों में शरारत थी।

“हम लोग पहले बाल कटवाने चल रहे हैं।”

“हेल्थ-क्लब नहीं चलेंगे?”

“चलूँगी, स्वीटहार्ट! पर बाल कटवाने में मुझे हमेशा एक ग़ज़ब का सुकून मिलता है। आह! ऐसा आनन्द कि क्या कहूँ?”

मैं उसके कन्धे तक झूलते सुनहरे रेशमी गुच्छों को देख रही थी, फिर मुझे आइलिन का अपने बालों का रँगना याद आया। साथ ही मैंने धीरे-से कमर से नीचे लहराते अपने लम्बे बालों को हथेलियों में भींच लिया।

बाहर गेट पर एक काला आदमी था। कैथी ने दस डॉलर उसकी मुट्ठी में पकड़ाये। अपने मोती जैसे दाँत चमकाती हुई वह बोली, “हम लोग जल्दी में हैं!”

“लैरी मदाम को जानता है। मदाम हमेशा जल्दी में होती है। हमेशा।”

फिर जेब से उसने चुपके से दो कार्ड निकालकर थमा दिये। 4 और 5 नम्बर। धन्यवाद कहकर वह भीतर हो ली। उसके पीछे मैं वेटिंग रूम में। अच्छी-ख़ासी भीड़। बाहर से आयी महिलाएँ प्रतीक्षा कर रही थीं। सबको नम्बर से भीतर बुलाया जाता था। इस कमबख़्त अमेरिका में हर जगह क्यू

और हर अमेरिकन आदमी चुपचाप चुइंगम चबाते हुए घण्टों खड़ा रहेगा। कुछ देखने, कुछ खाने, कुछ काम करवाने, बैंक के सामने, दुकानों में सामान ख़रीदकर पैसे देने का क्यू, मगर ज्योंही काम ख़त्म हुआ कि बस फिर वही वहशी दौड़। अब तक सामने लगी मशीन में पैसे डालकर कैथी एक बियर और कोकाकोला का कैन ले आयी थी। पसरकर बैठती हुई वह धीरे-से फुसफुसायी, "ब्रैडी से कभी कहना मत कि मैंने क्यू तोड़ने के लिए घूस दी है।"

"पर तुमने ऐसा काम किया क्यों? हम किसी और सैलून में बाल कटवाने जा सकते थे।"

उसने होंठों को गोल करते हुए कहा, "मुझे क्यू में खड़ा होना अच्छा नहीं लगता। पहले से समय निर्धारित करने की मेरी आदत नहीं और यहाँ बाल काटने वालों के दो अलग-अलग कमरे हैं। एक पहले से निर्धारित वक़्त पर आने वालों के लिए और दूसरा मेरे जैसों के लिए, जिनको अचानक बाल कटवाने की या शैम्पू की ज़रूरत पड़ जाये, फिर आज तो तुमको दिखाना भी था।"

हम भीतर गये। सैलून की कुर्सियों से लगे हुए बेसिन। उस गुलाबी रंग के झिलमिलाते हुए काँचमहल में क़रीब दस पुरुष हेयर कटर थे। हमारी भाषा में नाई कहिए, पर ग्रेजुएट नाई, जो प्रतिदिन आठ घण्टे, सप्ताह में सात दिन, केवल बाल ही काटते रहते थे। हाँ, मालिक जॉन म्हेलर कॉफ़ी सज्जन व्यक्ति थे। ओवरटाइम के तीन गुने पैसे। माइक पर आवाज़ आयी, "कैथी और प्रभा।" कुर्सियाँ खाली होती रहतीं और प्रतीक्षा करती औरतें काँच का दरवाज़ा ठेलकर भीतर जातीं। यूँ भी बाहर से देखने पर भीतर का नज़ारा देखने लायक था। आठ फ़ीट बाई आठ फ़ीट के चौकोर घेरे में सामने आईना, आईने के सामने बेसिन, अधलेटी या फिर सीधी कुर्सी, कुर्सी से सटी हुई ट्रॉली, जिसमें दुनिया-जहान की रंग-बिरंगी शीशियाँ, बेसिन के ऊपर तरह-तरह के हेयर डायर कलर, हीटिंग रॉड। हलका गुलाबी कोट तथा काला पैंट पहने हुए कमसिन छोकरों जैसे हेयर कटर, कैंची के साथ निरन्तर हिलते हुए होंठों से झरती हुई सारी दुनिया की गप्पें।

भीतर घुसते ही शैम्पू, सिरका और न जाने कैसी खट्टी-मीठी गन्ध। मैं चार नम्बर कुर्सी पर, कैथी पाँच पर।

"कौन-सा कट?" कैथी से बार्बर हेनरी ने पूछा।

"इस सप्ताह फ़ैशन में क्या है?"

उसने एक छपा हुआ काग़ज़ पकड़ाया। कैथी ने पढ़कर कहा, "लिजा द लेटेस्ट।"

उसने वह काग़ज़ मेरी ओर बढ़ा दिया। उसमें पचासों तरह के हेयर कट्स के नाम थे, जिसमें नाम यानी बाल को काटने के स्टाइल हर सप्ताह खाने की मीनू की तरह बदल दिये जाते थे। ईस्ट विलेज में स्थित यह हेयर सैलून नित नये स्टाइल के लिए बड़ा मशहूर था। मैंने अपने लम्बे घने बालों को समेटकर आगे कर लिया और कहा, "मुझे बाल नहीं कटवाने।" अब मेरे हेयर कटर जिमी की बारी थी। बाल देखकर नाई की कैंची रुक जाये यह तो असम्भव।

"मिस, आपके इन काले बालों को बस ज़रा-सा हलका काटने की ज़रूरत है, सामने कानों के पास, ताकि आपका ललाट इतना चौड़ा न लगे। मैं जो स्टाइल बोल रहा हूँ, आप कटवाकर देखिए, ख़ुद चेहरा नहीं पहचानेंगी।"

मैंने असहाय भाव से कैथी की ओर देखा। वह आराम से कुर्सी पर लेटी हुई सिर में मालिश करवा रही थी। मैंने भी सोचा, चलो ठीक है, थोड़ा साहस ही करूँ, क्या पता ख़ूबसूरत लगने लगूँ?

"बाल मगर एक इंच से ज़्यादा मत काटना।"

"ओह! श्योर मिस, आप बाल में किस चीज़ से मसाज लेंगी?" उसने तरल पदार्थों से भरी पाँच-छह शीशियाँ आगे कीं।

"ये क्या हैं?"

"पढ़ लीजिए।" उसने कहा, फिर उसने अपना सुझाव दिया, "वैसे बियर का मसाज ठीक रहेगा। नहीं क्या? वैसे आपकी दोस्त गाय के पेशाब का मसाज़ ले रही हैं। यह अभी इन्हीं दिनों हमारे केमिस्ट ने तैयार किया है।"

"क्या?" मेरे मुँह से दबी-सी चीख़ निकली।

"हाँ, हम लोग अब घोड़े के पेशाब पर भी शोध कर रहे हैं। यदि गन्ध को हटा पाये, तो आप सोच नहीं सकतीं कि बालों में कैसी चमक आयेगी।"

"ओह, माय गॉड! इट इज़ क्रेज़ी?"

"इट इज़ द बेस्ट सैलून ऑफ़ अमेरिका। हमारी ख़ासियत यही है कि हम नित नयी खोज करते रहते हैं।"

मैंने फिर कैथी की ओर देखा, उसके बालों में गाय के पेशाब से मसाज किया जा रहा था और उसके चेहरे पर थी एक असीम तृप्ति और तन्मयता। तब तक जिमी की आवाज़ टकरायी, "मिस, ज़ल्दी करें।"

"हाँ-हाँ, तेल, नारियल का तेल।" घबराहट में मेरे मुँह से निकला।

"नारियल का तेल हमारे पास नहीं है।"

"कौन-सा तेल है?"

"बादाम का।"

"शैम्पू कौन-सा?"

अब फिर दुविधा। मुझे मरी कैथी पर गुस्सा आ रहा था। जब से उसने गाय और घोड़े का नाम लिया था, मैं सहम गयी थी। पता नहीं शैम्पू में अब ये लोग प्रोटीन के नाम पर किसकी चर्बी और न जाने क्या-क्या मिलाते हैं।"

"पियोर सोप?"

"वाट डू यू मीन बाय पियोर सोप?"

मेरी बेवकूफ़ी से जिमी का धीरज छूट रहा था। कहने लगा, "शैम्पू? वह तो ठीक है, मगर आप हार्ड, शॉफ़्ट, नॉर्मल, हर्बल, लाइम, फैट लिकर में कौन-सा बेस लेंगी? नेचुरल या सिंथेटिक?"

"कैथी-कैथी, प्लीज़!" मैंने असहाय भाव से पुकारा।

उसकी उन्हीं शरारती आँखों ने फिर जिमी की ओर झुककर कहा, "भारत से आयी है। यह अपने देश में जाकर सैलून खोलेगी। तुम नॉर्मल प्रोटीन लगा दो।"

"ओ!" जिमी मुस्कराया। बादाम के तेल की आधी शीशी बालों में उड़ेली और मसाज करते हुए उसकी बक-बक चालू हुई, "हेयर कटर बनने के लिए तीन साल का ग्रेजुएशन कोर्स है। इतना आसान नहीं कि आदमी एक अच्छा हेयर कटर बन जाये, फिर मैं एक साल के लिए पेरिस में पियरे कार्डिन के सैलून में काम करके आया हूँ। मैं न्यूयॉर्क की उच्चस्तरीय महिलाओं के ही बाल काटता हूँ। मुझे बूढ़ी औरतें ज़्यादा पसन्द हैं,

क्योंकि हेयरकट के बाद चेहरे में जो बदलाव आता है, उससे वे इतनी ख़ुश होती हैं कि क्या बताऊँ? अभी उस दिन मिसेज़ वैंडरली आयी थीं। जानती हो, शीशे में अपना चेहरा देखकर वे एकदम से मुझसे लिपट गयीं, 'ओह जिमी! यू आर सो स्वीट! मैं कितनी हसीन लग रही हूँ। उम्र में दस साल कम।' बाल काटते ही औरत उम्र में कम लगने लगती है।"

मैंने उससे फिर पूछा, "यह घोड़े के पेशाब पर कैसा अनुसन्धान हो रहा है?" मेरे दिमाग़ में गाय और घोड़े अटक गये थे।

"सीक्रेट। टॉप सीक्रेट। अभी बॉस को पता चल जायेगा, मेरी नौकरी ख़त्म।"

ख़ैर, सारा कर्मकाण्ड आधे घण्टे का था। उसने कुर्सी सीधी की और ठुनकते हुए नकिया कर बोला, "अब देखो अपना चेहरा आईने में।"

हाय, अम्मा! सच कहूँ, मुझे रोना आ गया। यह मैं अपनी कैसी शक्ल देख रही हूँ? सामने ललाट पर आँखों तक झुके हुए बालों को नीचे से एक इंच काटने के बदले कैंची चलाई गयी थी छह इंच पर और वह भी ऊपर-नीचे। कोई लट कन्धे तक तो कोई कन्धे से दो इंच नीचे। कुल मिलाकर मेरे बालों का सत्यानाश कर दिया था। हाय कलकत्ते जाकर क्या शक्ल दिखाऊँगी? अम्मा तो गर्दन ही काट डालेंगी। यह वह ज़माना था, जब बाल कटवाने का मतलब था मेमसाहब की संस्कृति अपनाना; और अम्मा कटे बालों में देखतीं, तो कहतीं, "मेमड़ियों जैसे बाल कटवा रखे हैं। छिनालों-सी फिरती है।"

हाय राम! मैं कभी शीशे में देखती, कभी हताश भाव से ज़मीन पर गिरे अपने काले रेशमी गुच्छा-गुच्छा बालों को।

"मिस, इज़ नॉट हैप्पी?"

तब तक कैथी की चिहुँक-भरी आवाज़ सुनी, "ओ, प्रावा, यू लुक ग्रेट।" फिर मेरा चेहरा देखकर उसे लगा, सच में कहीं कुछ गड़बड़ा गया है। कैथी के बाल कटने के बाद सिर पर कुल दो इंच बचे थे, पीछे से उसने उस्तरा और फिरवा लिया था। ख़ैर, वह तो उसमें फब रही थी। उसका रूप ही कुछ ऐसा था कि जैसी भी चले, ख़ूबसूरत लगे। तब तक जिमी का पारा चढ़ चुका था।

“देखो कैथी, तुम्हारी दोस्त को मैंने इतना सुन्दर बनाया और यह रो रही है।”

कैथी ने जिमी के हाथों कुछ डॉलर ठूँसे और मुझे खींचती हुई बाहर निकल आयी। बाहर आते ही उसने कहा, “मैंने तुमसे सुबह भी कहा था न कि तुम हीनभाव से ग्रस्त हो। ब्रैडी से कहकर तुम्हें सेशन दिलाऊँगी।”

“कैथी, तुम नहीं समझ सकतीं। मेरी माँ मेरी जान ले लेंगी। लोग हँसेंगे, वह अलग।”

“डैम इट, प्रभा, तुम्हें अपनी माँ से इतना डर लगता है कि तुम अपनी मर्ज़ी से बाल नहीं कटवा सकतीं?”

“नहीं, तुम नहीं समझ सकतीं कि हमारा मारवाड़ी समाज कितना पुरातनपन्थी है? एक तो मैं यों ही लकीर से हटकर चल रही हूँ। अब यदि कटे हुए बाल...” कहते-कहते मैं फिर रुआँसी हो गयी। मुझे मेरा चेहरा ख़ुद ही अजीब लग रहा था।

“लकीर से हटकर चल रही हो, तब तो अच्छी बात है, फिर अपनी मर्ज़ी से जैसे चाहो रहो। दूसरों की नज़र से जीने की क्या ज़रूरत है?”

“ओह! हमारा अपना समाज। कैथी, मैंने शादी नहीं की। अकेले इतनी दूर चली आयी हूँ और अब वापस इस शक्ल में जाऊँगी, तो लोग कहेंगे बिल्कुल आवारा हो गयी है।”

“तो क्या हुआ? लोग कहेंगे और तुम हो जाओगी? अब तो सच में मुझे ब्रैडी से...”

“कैथी, प्लीज़, मेरी व्यक्तिगत बातें डॉक्टर ब्रैडले से मत कहो।” मेरी आँखें टपकने लगीं।

उसने आगे बढ़कर बाँहों में जकड़ लिया। उसने गालों को चूमते हुए कहा, “सिली गर्ल? अरे दुनिया से जितना डरोगी, वह उतना डरायेगी। दुनिया एक फूला हुआ गुब्बारा है, उपेक्षा से एक सूई चुभा दो, बस सारी हवा निकल जायेगी।”

“यहाँ अमेरिका में हो ना इसीलिए ऐसी बातें कर रही हो। वहाँ चलो हिन्दुस्तान में और वह भी जनमो किसी मारवाड़ी सेठिया परिवार में, तो पता चल जायेगा।”

"क्या पता चल जायेगा? बन्दिशें? वे हम लोगों के जीवन में क्या नहीं हैं? फिर एलिज़ा क्यों रोती है? क्यों मेरी माँ ने आत्महत्या की? क्यों मेरी आंटी का नाम तक नाना के परिवार में नहीं लिया जाता!"

"तुम्हारी माँ ने आत्महत्या की?"

"हाँ, क्योंकि डैड फ़्लर्ट थे और माँ एक आवारा-बदचलन आदमी को स्वीकार नहीं कर पा रही थीं।"

"पर तुम तो कहती थीं कि तुम्हारे डैड ने तुमको और एलिज़ा को बेशुमार दौलत दी है?"

''पैसे और चरित्र का आपस में क्या सम्बन्ध? क्या तुम सोचती हो कि देखने में ख़ूबसूरत रईस व्यापारी सच्चरित्र भी होता है?''

''नहीं-नहीं, बिल्कुल नहीं।'' मुझे अपनी बेवकूफ़ी समझ में आ रही थी, ''अच्छा, आंटी के नाम में कौन-सी...''

''मेरे नाना बोस्टन के पच्चीस-तीस पुराने परिवारों में से एक। नाना के चार बेटियाँ, तीन बेटे। सबसे छोटी मासी एडिना एक विवाहित व्यक्ति से प्रेम करती है और वह भी करता है, मगर वह पहली पत्नी के साथ रहता है। तलाक़ की बात यूँ ही बीच-बीच में उठती रहती है। आंटी एडिना अपने प्रेमी की दी हुई इंगेजमेंट रिंग पिछले दस वर्षों से पहने हुए हैं।''

''फिर?'' मेरा गला सूख रहा था।

''और नाना के पुराने बोस्टन समाज में यह बात बिल्कुल अच्छी निगाहों से नहीं देखी जाती। आंटी एडिना या तो उस व्यक्ति से विवाह कर लें या फिर उसको छोड़ दें। मगर आंटी एडिना कुछ भी ऐसा नहीं कर रहीं। वह बोस्टन के किसी स्कूल की प्रिंसिपल हैं।''

''तुम्हारी नानी नहीं हैं?''

''नानी दो साल पहले ही मरी हैं। आंटी एडिना को उन्होंने दस लाख डॉलर का ट्रस्ट और अपने सारे गहने वसीयत में दिये थे, मगर आंटी ने सब कुछ लौटा दिया।''

''क्यों?''

''आंटी कहती हैं कि जो माँ-बाप मेरी भावनाओं की क़द्र नहीं कर सकते, जिनकी निगाहों में मेरे लिए सम्मान नहीं, उनसे न मुझे सम्बन्ध रखना है और न ही उनके पास जाना है।''

“तुम मिलती हो आंटी से?”

“बहुत अधिक। वह मेरी सबसे प्यारी आंटी हैं। आंटी मुखौटों में नहीं जीतीं। वह कहती हैं कि कई जगह मुझे समझौते करने पड़े, जीना पड़ा, पर तुम समझौतों पर मत जीना।”

“ब्रेडी आंटी को किन निगाहों से देखते हैं?”

“वे आण्टी के बेटे हैं। बहुत ही ज़्यादा दोनों में पटती है। ख़ाली एक ही बात में झगड़ा होता है।”

“वह क्या?”

“ब्रेडी मुझे कमाने नहीं भेजते। आंटी आर्थिक स्वतन्त्रता को पहली शर्त मानती हैं।”

“पर तुम आर्थिक रूप से स्वतन्त्र तो हो?”

“नहीं, आंटी कहती हैं, बाहरी दुनिया के कामों से स्त्री की चेतना मज़बूत होती है।”

“तुम क्यों नहीं समझातीं ब्रेडी को?”

“समझा तो रही हूँ। दनादन जो पैसे ख़र्च रही हूँ, मस्ती मारती हूँ, दोस्तों का जमघट लगाती हूँ। ब्रेडी खुद ही समझ जायेगा।”

“क्या समझ जायेगा?”

“यही कि या तो मुझे किसी काम में लगाये, नहीं तो मैं हम दोनों की ज़िन्दगी को निरुद्देश्य करके रख दूँगी। खाली दिमाग़ शैतान का घर।”

मुझे हँसी आ गयी। उस ख़ाली दिमाग़ के ऊपर सुनहरे गोल-गोल बालों के छल्लों को देखकर।

“तुमने इतने ख़ूबसूरत सुनहरे बालों को कटवा डाला?”

“इसलिए कि मैं विग पहनना चाहती हूँ। हाँ, सच। मैं संजीदा हूँ। पाँच-दस रकम के नये-नये फ़ैशनों के विग रख लूँगी। बस, जब जो मन आये, लगा लो। यहाँ सैलून में तब काट-छाँट के लिए मेरे विग आयेंगे, मैं नहीं।”

“ओह!”

“तुम्हारी आँखों में जब हैरत देखती हूँ ना, तब मुझे बड़ा मज़ा आता है। मेरा मन करता है, तुम्हें और नयी-नयी हैरतें दिखाऊँ।”

बातें करते-करते हम लोग 33 स्ट्रीट पर आ गये थे। सर्दियों में पैदल चलने का एक अलग ही मज़ा आता है।

"चलो, मैडिसन की ओर चलें। भूख भी लगी है।"

बातें चलती रहीं। वह कभी अपनी, कभी एलिज़ा की, फिर कभी न्यूयॉर्क की बातें करती। मैडिसन पर आकर दोनों 'डेली' में घुसीं। कैथी ने दो जम्बो टोस्ट सैंडविच और कॉफ़ी ली। वहीं खिड़की के किनारे हम लोगों ने खाया। पैसे देकर हम निकले।

सुबह से अब तक कैथी ने पचास डॉलर ख़र्च कर दिये थे। यदि अभी कुछ कहूँगी, तब फिर वही हीनभाव और डॉक्टर ब्रैडले मूर से सेशन की बात उठा देगी। उसका साथ हर क्षण छलकता हुआ। इतनी ज़िन्दादिल-ख़ुशमिज़ाज! मेरा हाथ अनायास सामने झुकी हुई लटों पर चला गया।

"यह क्या बार-बार सिर पर हाथ ले जा रही हो? मैं तुम्हारे हाथ बाँध दूँगी।"

मैंने मुस्कराकर कहा, "हीनभाव और ब्रैडी!"

वह खिलखिलाकर हँस पड़ी। हँसती रही, "नहीं-नहीं, तेरा इलाज तो मैं करूँगी।"

"पक्का?"

"हाँ, कितनी फ़ीस दोगी?"

"एक अच्छी दोस्ती।"

"डील?"

"यस।"

टैक्सी में हम लोग ईस्ट 55 स्ट्रीट गये। बाहर बड़ा-सा नियोन साइनबोर्ड चमक रहा था। जिसमें लिखा था—'मदाम रोज़ेरोस्की हेल्थ सेंटर'। घुसते ही बायीं तरफ़ सिंड्रेला बार था।

"चलो, पहले इसमें थोड़ी देर बैठकर गला तर कर लें।"

"कैथी, कितना खाओगी? सुबह से यह चौथी बार गला तर किया जा रहा है।"

"मैं जब तक मेढकी जैसी नहीं फूल जाऊँगी, तब तक ब्रैडी मुझे काम नहीं करने देगा।"

उसके अपने तर्क थे, जिनसे उलझने का मतलब था शिकारी के फन्दे में पड़ना और अपनी जो कुछ भी बची-खुची आस्था हो, उसको काँच की किरचों-सा बिखेर देना।

ख़ैर, अन्दर एक कोने की टेबल पर हम लोग बैठ गये। शायद लंच टाइम था। हाँ, घड़ी दो बजने की सूचना दे रही थी। एक-से-एक मोटे, बेहद मोटे स्त्री और पुरुष। कुछ हम लोगों जैसे भी भरे पड़े थे।

मीनू कार्ड में पचास तरह के फ्रूट कॉकटेल थे। बीस तरह के सलाद और चार-छह तरह के स्कीम मिल्क की आइसक्रीम, दही। शायद दुनिया की ऐसी कोई सब्ज़ी या फल नहीं थे, जिनका रस वे नहीं बेच रहे हों। गाजर, टमाटर, मिंट, पत्तागोभी और लहसुन, पालक और सेलेरी, किसी में शहद, किसी में सैकरिन। कितने आउंस रस में! कितनी कैलोरी!... और दाम, पूछिए मत। दो गिलास कैरट हवाना मँगाया गया। कैथी ने उसकी रेसिपी पूछी। लड़की ने जवाब दिया, "गाजर, उसमें थोड़ा-सा टमाटर का रस, ज़रा-सी प्याज़ की कतरन, मिंट की महक, थोड़ा-सा, बिल्कुल बूँद-भर टोबास्को सॉस, चार बूँद शहद, सबको गरम पानी में डालकर तुरन्त निकाल लीजिए, फिर रस निकालिए, रस को तुरन्त एकदम आइसकूल कीजिए।"

"बस, बहुत हो गया। कैरट हवाना के लिए मुझे अब यहीं आना होगा।" कैथी ने हँसकर कहा।

"यस मादाम, आप क्या सोचती हैं, लोग बेवकूफ़ हैं? वे ऐसे ही यहाँ एक गिलास कैरट हवाना का दाम पन्द्रह डॉलर दे जाते हैं। इससे उनकी ज़िन्दगी में स्वाद बचा रहता है। हम कुछ भी सर्व करें, पर स्वाद का हमेशा ख़याल रखते हैं। नहीं तो रेगुलर डायटर तो गाजर ही चबाता रह जायेगा।"

जूस वाक़ई बड़ा स्वादिष्ट था, पर पन्द्रह डॉलर? वह भी 1966 में, 50 रुपये का गिलास!

"कैथी? इसमें ऐसी क्या बात है, जो घर में नहीं बनाई जा सकती?"

"यह न्यूयॉर्क है और इस हेल्थ बार में आकर पैसा बुकने वाला आदमी अमीर कहलाता है। यहाँ आम आदमी नहीं आता।" तब तक वह वेट्रेस फिर घूमकर आयी।

"मादाम, आप हम लोगों की बनाई दालचीनी की चाय ज़रूर चखिए। आपको लगेगा कि आप दालचीनी वाले मीठे टोस्ट खा रही हैं।"

"सच?" कैथी की आँखें चमकीं, "ज़रूर लाओ।"

"कैथी, तुम्हीं पी लो। मेरे लिए क्यों पैसे बरबाद कर रही हो?"

मगर वह कब सुनने वाली? ख़ूबसूरत-सी केतली में चाय आ गयी। दालचीनी की चाय, हलके पीले रंग की। गरम पानी में मानो दालचीनी उबाली गयी हो। बचपन में सर्दी-जुकाम में दिया गया दाई माँ का काढ़ा याद आ गया। कैथी ने एक लम्बा घूँट भरा, "ओह, ग्रेट!"

"चलो, आज घर चलो, मैं तुम्हें ऐसी दस ग्रेट चीज़ें पिला देती हूँ।"

"लेकिन पैसे? ब्रेडी के पैसे कैसे ख़त्म होंगे?" उसने बड़ी-बड़ी पलकें झपकायीं।

"कैथी, पैसा तो किसी अच्छे काम में भी लगाया जा सकता है ना?"

वह संजीदा होकर बोली, "एक बात बताऊँ? इन पुरुषों को जब तक तुम बड़ा नरक नहीं दिखाओगी ना, तब तक ये छोटे नरक से समझौता नहीं करेंगे।"

"यानी?"

"यानी ब्रेडी ख़ुद न्यूयॉर्क की सोसायटी में नया है। ख़ुद भी कमाता है तथा बाप का दिया हुआ भी बहुत है। चूँकि वह बाहर से आया है, इसलिए न्यूयॉर्कियन का खोखलापन नहीं जानता। वह नहीं जानता कि लोग यहाँ झूठे मोती पहनते हैं और सच्चे का ऐलान करते हैं, कि यहाँ के लोग किसी पत्रिका में कैरट हवाना का ज़िक्र पढ़ लेंगे और पार्टी में उसी की चर्चा करते रहेंगे। वह हमेशा स्टेटस की बात करता है। उसको इस बात का नाज़ है कि उसकी बीवी मर्ज़ी से चाहे जितना पैसा ख़र्च कर सकती है।"

"तुम्हें यदि यह सब अच्छा नहीं लगता, तब..."

"नहीं, शुरू में मुझे भी बड़ा अच्छा लगता था। अब ऊब चली हूँ। मगर जैसे ही ज़िन्दगी के मक़सद की बात उठाती हूँ, ब्रेडी कहता है, पहले तो तुम ऐसी नहीं थीं। और ब्रेडी का स्वभाव भी मनोविश्लेषण करते-करते अजीब-सा हो गया है। वह सीधी बात समझ नहीं पाता।"

मैंने ठीक ही सोचा था। कैथी के तर्कों के फन्दे में पड़ते ही मुश्किलें शुरू हो जाती थीं। कुल मिलाकर चालीस डॉलर का बिल। दस डॉलर टिप वेट्रेस को देकर हम लोग अब ऊपर रीजेन्सी हेल्थ सेंटर की सीढ़ियाँ चढ़ रहे थे। कैथी ने मुझे पहले ही बता दिया था कि वह बीच-बीच में यहाँ आती रहती है। मसलन, यदि कमर आधी इंच मोटी हो जाये या कूल्हे ज़रा फैल जायें। वैसे सप्ताह में एक दिन वह फ़ेशियल कराती है। चेहरे की त्वचा स्निग्ध रहे और असमय झुर्रियाँ न पड़ें आदि-आदि के लिए वह ज़रूर आती है। एक बार की फ़ीस वहाँ पचास डॉलर कम-से-कम होती थी। यदि साथ ही कुछ और ताम-झाम हो, तो आप डेढ़ सौ से दो सौ डॉलर ख़र्च करें। रीजेन्सी, बेवर्ली हिल हेल्थ क्लब की तरह फैला हुआ नहीं था। मैनहट्टन में आज के दिन एक स्क्वायर फ़ीट की क़ीमत पचास हज़ार होती है। आज से बीस साल पहले एक तिहाई होगी, मगर ख़ूबसूरत बहुत था। एक बार भीतर जाने पर मेरी तो आँखें चौंधियाँ गयीं। छोटी-सी जगह को चारों तरफ़ दीवारों में शीशे की पैनलिंग से फैलावट का भ्रम। सारी सजावट क्रीम रंग में। रिसेप्शन पर बैठी हुई लड़की की नफ़ासत देखते ही बनती थी। सारा माहौल कमसिन। कैथी ने उससे मेरा परिचय कराया। उसने सामने पड़े छोटे-से सोफ़े की ओर इशारा कर हमें बैठने को कहा। मैंने हँसकर पूछा, "क्या तुम यहाँ आने वालों को अपनी ही तरह ख़ूबसूरत बनाकर भेजती हो?"

उसने नकियाते हुए नख़रे से कहा, "आपकी दोस्त की ख़ूबसूरती हमारा उत्पाद है।"

कैथी ने फुसफुसाकर कहा, "तुम इस सेल्स टॉक में मत फँसो। अभी भीतर का नज़ारा देखकर अपना ख़याल बनाना।"

तब तक फ़ोन आ गया। रिसेप्शनिस्ट ने सधे हुए गले से कहा, "रीजेन्सी।" उधर शायद उनकी महिला ग्राहक बोल रही थी। तब तक रिसेप्शनिस्ट की आवाज़ खदबदायी, "ओह, नहीं मादाम! हमने आपको यह पैक लगाने को नहीं कहा। क्या कहा? गोंद की तरह चिपक गया है? उतर नहीं रहा है? नहीं-नहीं, हमारा पैक तो ज़रा खींचने पर छिलके-सा उतर जाता है। क्या कह रही हैं, आपने गरम पानी से भी धो लिया? ओह! नो, यही तो आपने भूल की। पैक को तो बर्फ़ के पानी से धोना चाहिए था।"

लगता है, तब तक उधर की आवाज़ और सख़्त हो गयी थी। रिसेप्शनिस्ट ने तुरन्त नर्मायी से कहा, "आप ऐसा करें, तुरन्त यहाँ आ जाइए। क्या कहा, टैक्सी का बिल हमें देना होगा? आप आइए तो। हम एकदम आपका चेहरा ताज़ा कर देंगे। बात यह है कि हमारे सारे स्पेशल पैक प्राकृतिक उपादानों से बनते हैं। नहीं-नहीं, मैं आपको दोष नहीं देती। आपके चेहरे में कुछ नहीं होगा, माय स्वीट गर्ल! प्लीज़, कम इमिडिएटली।"

रिसीवर रखते ही उसने भीतर बटन दबाकर किसी से फ़ोन पर फुसफुसाते हुए कहा, "मादाम जॉनसन के चेहरे पर पैक गोंद की तरह चिपक गया है। वे कोर्ट में जाने की धमकी दे रही हैं।" उधर की आवाज़ दस मिनट तक रिसेप्शनिस्ट को समझाती रही। फ़ोन रखकर वह हम लोगों की ओर मुड़ी। कहने लगी, "ऐसी सेलेब्रिटी औरतों के कितने नख़रे होते हैं! ज़रा-सी ग़लती आफ़त हो जाती है। पैक लगाना चाहिए था ठण्डे पानी में। मादाम जॉनसन, ओह!" तब तक दूसरा फ़ोन। उसने कैथी और मुझे भीतर जाने का इशारा किया।

भीतर की सजावट तो देखते ही बनती थी। अलग-अलग काँच पर अधलेटी अर्धनग्न स्त्रियाँ और उनकी परिचारिकाएँ। चेहरे पर, हाथों पर तरह-तरह के तेल और क्रीम की मालिश की जा रही थी। अलग-अलग ख़ुशबुओं से महकते हुए प्रलेप। मुझे कालिदास की नायिकाएँ याद आ गयीं। विरह में कातर कामदग्ध। सखियों के हाथों शीतल चन्दन का प्रलेप। गुलाब-जल से धोना, मगर हाय रे, कालिदास! यहाँ रीजेन्सी की अधिकतर नायिकाएँ स्वीट सिक्सटीन न होकर पचास से पचहत्तर के बीच, पर जवान दिखाने की कोशिश में दीवानी। दीवारों पर इश्तहार लगे थे—

हम महीने-भर में आपकी उम्र दस साल घटा देते हैं। आप लिली की तरह खिल उठेंगी, गुलाब की तरह महक उठेंगी।

"सबसे उत्तम है हमारा मादाम बोस्की का रूमानिया में तैयार किया हुआ मड पैक। इसकी मिट्टी को गरम झरनों के पानी में दो महीने तक भिगोकर रखा जाता है और फिर एक महीने धूप में सुखाया जाता है। रूमानिया की यह प्राचीन पद्धति है, जिसे केवल फ्रांस तथा ऑस्ट्रिया और हंगरी के राजवंशों के लिए ही तैयार किया जाता था। मादाम बोस्की ने बहुत ही बड़ी क़ीमत लेने के बाद अपना यह राज़ रीजेन्सी को बताया है।

यह पैक केवल रीजेन्सी की ख़ासियत है। चूँकि मादाम बोस्की स्वयं इसे रूमानिया में तैयार करती हैं। वह भी बहुत सीमित मात्रा में। इसलिए अपनी अग्रिम बुकिंग के लिए रिसेप्शनिस्ट काउंटर पर पैसा जमा कर दें। एक पैकेट में कुल चार पैक, जिसकी क़ीमत है 35 डॉलर।''

मैं चारों ओर लगे इन आकर्षक नोटिसों को पढ़ती जा रही थी। तब तक कैथी ने मुस्कराकर कहा, ''फ़ेशियल लेना है?''

मेरे दिमाग़ की नसों में गाय का पेशाब बह रहा था और चेहरे पर लगा गोंद जैसा कुछ चिपक जाये तो? ना बाबा, अपने को नहीं लगाना। मैंने फिर कैथी से पूछा, ''पर क्या मैं यहाँ कुछ समय बैठकर देख सकती हूँ?''

कैथी ने धीरे-से हाथ में दस डॉलर पकड़ाते हुए कहा, ''कोई परिचारिका टोके, तो यह पकड़ा देना और दो नम्बर चेयर पर मिसेज़ ब्रैडले का नाम कह देना।''

कोने में रखे स्टूल पर मैं बैठ गयी। इधर-उधर छोटी-छोटी मेज़ों पर तमाम तरह के पैम्फ़्लेट पड़े थे। उठाकर पढ़ने लगी। चीख़ती हुई एक महिला घुसी। उसके पीछे रिसेप्शनिस्ट।

''देखो, देखो मेरे चेहरे को! देखो, तुम्हारा पोलिश पैक लगाकर मेरी क्या हालत हुई है? मैंने अपने वकील को फ़ोन कर दिया है। मेरे चेहरे को कुछ हो गया ना, तो मैं मिलियन डॉलर का हरजाना लूँगी।''

तब तक भीतर से काली पोशाक में बहुत ही ख़ूबसूरत गहनों से जगमगाती एक महिला निकली। मादाम को देखते ही बाँहें फैलाकर बोली, ''ओह, माय डार्लिंग! माय बेबी! यह क्या किया तुमने अपने चेहरे पर?''

मैं समझ गयी कि यह ही मादाम जॉनसन हैं और शायद काली पोशाक में मालकिन या फिर हेड गर्ल। मादाम जॉनसन के चेहरे पर सच में चिपचिपा-सा कुछ लगा हुआ था। सूज़ान ने उन्हें कुर्सी पर लिटाया। पोंछना शुरू किया, साथ ही कहे जा रही थी, ''आप जानती हैं मादाम, हमने आपको बार-बार कहा था, ठण्डे बर्फ़ के पानी में पैक घोलने को।''

''मगर मुझे ठण्डे पानी से जुकाम हो जाता है।''

''आपने हमें पहले क्यों नहीं बताया? हम दूसरा पैक दे देते। चिन्ता मत कीजिए, रिलैक्स। एकदम शान्त रहिए, मैं अभी ठीक कर दूँगी।''

"ओह, सूज़ी! मेरी चमड़ी को कुछ हो गया ना...! ओह, डार्लिंग! मुझे कल कॉकटेल में जाना है! तुम तो जानती हो मेरा सर्किल?"

"नहीं-नहीं मादाम, हम आपको बिल्कुल रोने नहीं देंगे। रोने से फिर कॉकटेल में आँखें सूजी हुई लगेंगी।"

"हाँ सूजी, मैं जानती हूँ लेकिन यह पैक?" वे फिर सुबकने लगीं।

"बिल्कुल मादाम, कौन नहीं जानता कि आप न्यूयॉर्क की सबसे बड़ी सेलेब्रिटी हैं? हम पर विश्वास रखिए मादाम। आपकी त्वचा हमारे हाथों बिल्कुल सुरक्षित है।"

"ओह, सूज़ान! ओह! कैसा कुछ हो गया! मुझे तो रोना आ रहा है।"

"हाँ, मादाम। आपको हमसे पहले फ़ोन पर कुछ पूछ लेना चाहिए था। आप तो जानती हैं रीजेन्सी केवल आप जैसों की ख़िदमत के लिए खोला गया है।"

मादाम का चेहरा साफ़ हो गया। उन्होंने ख़ुश होकर सूज़ान के गालों को चूमा और सौ डॉलर पकड़ाये। सूज़ान से कहा, उन्हें रीजेन्सी पर पूरा भरोसा है। वे अपनी अन्य सहेलियों को ज़रूर भेजेंगी। सच में रीजेन्सी के कारण वे इतनी तरोताज़ा रहती हैं कि लोग उनके चेहरे की ओर देखते ही रह जाते हैं। मैंने भी मादाम जॉनसन को देखा, अस्सी वर्ष का झुर्रियों से भरा चेहरा, हड्डियों से अलग-अलग लटकती चमड़ी। ओह! युवा दिखने की अब भी चाह!

मुझे अपनी नानी का चेहरा याद आ गया। नब्बे की होकर मरी थीं और गोरी झुर्रियों से भरी मलाई-सी कोमल और चमकदार। चेहरे पर नानी जी रोज़ मलाई लगा लिया करती थीं, दूध पीते वक़्त ही। माँ की याद आ गयी। मेरी बहनें और भाभियाँ कभी ढलते हुए यौवन की चिन्ता नहीं करतीं। मोटी हैं, तो ठीक। बाल सफ़ेद हो रहे हैं, तो ठीक। हाँ, त्वचा एक तो रूखी न हो, दूसरे फुंसियाँ या काले दाग न हों। वही हल्दी-सरसों का उबटन या फिर मलाई या बेसन, लेकिन फिर कालिदास और भवभूति की नायिकाएँ याद आने लगीं। जिस देश की परम्परा में इतना सौन्दर्य-वर्णन और प्रसाधन हैं, वहाँ ज़रूर आज भी स्त्री कुछ न कुछ तो सौन्दर्य-प्रसाधन करती ही है। पर वे तो राजकुमारियाँ थीं और ये ब्यूटी पार्लर हैं। सर्वसाधारण का इनसे क्या रिश्ता?

फिर दिमाग़ ने खट से पूछा, ''तू सर्वसाधारण से क्या समझती है, प्रभा? जिस देश में दो जून खाना लोगों को नहीं मिलता, वहाँ के साधारण लोग तेरे ब्यूटी क्लीनिक में आयेंगे? तेरे पार्लर में भी विशिष्ट वर्ग ही आयेगा। मगर मादाम जॉनसन की उम्र की स्त्रियाँ तो वहाँ नहीं आयेंगी। इस उम्र में शरीर के प्रति यह मोह!''

फिर मन ने ही उत्तर दिया, तूने कितनी दुनिया देखी है, प्रभा! अमीर माँ-बाप की आख़िरी सन्तान। बहनों में पाँचवाँ नम्बर। जन्म के बाद से माँ की बीमारी। पाला दाई माँ ने और शिक्षा मिली बालीगंज शिक्षा सदन में, जहाँ प्रधानाध्यापिका स्वर्गीया पुष्यमयी बसु सादगी की प्रतिमूर्ति। हिन्दी की वरिष्ठ लेखिका मन्नू भण्डारी जिन्हें चौथी कक्षा से ग्यारहवीं कक्षा तक तुमने एक ही तरह से चोटी लटकाते हुए और माथे पर बड़ी-सी लाल बिन्दी लगाये देखा। घर में अम्मा की सख़्ती का यह हाल कि अभी पिछले पाँच वर्ष पहले तक तो किसी की मजाल नहीं थी कि जीजी लोग या दोनों भाभियाँ होंठ या नाख़ून रंग लें। यह तो एम. ए. पास करके जब पहले-पहल मैंने लिपस्टिक लगायी और बात अम्मा के कानों में पड़ी, तो पहला वाक्य था, 'बिगड़कर बारह बाट हो गयी है छोरी, यह मेरे से नहीं सँभलेगी।'

अब कुएँ से निकली हुई मेढकी अचानक एक असीम आकाश देख रही थी। एक अजीबोगरीब दुनिया, जो कभी मुझे बेहद आकर्षक लगती, कभी मन में जुगुप्सा जगाती और कभी भयभीत करके सहमा जाती। मैं सोचती कि ब्यूटी क्लीनिक खोलने पर समाज किस नज़र से देखेगा!

''क्या सोचे जा रही हो?'' कैथी का फूल-सा खिला हुआ चेहरा हँसते हुए पूछ रहा था।

''ओह! कुछ नहीं।''

''कुछ नहीं।'' उसने मेरी नक़ल की।

''चलो घर चलते हैं?''

''पैदल चलें?''

''ज़रूर।'' कह तो दिया मैंने, पर पैर दुख रहे थे। मैं मन-ही-मन झल्ला भी रही थी। यह कमबख़्त कैथी भी एक ही है, जब पैदल चलना चाहिए, तब टैक्सी पकड़ेगी और अब शाम हो रही है, ठण्ड बढ़ती जा रही है, तब इसको पैदल चलने की सूझ रही है।

"हम लोग किसी आर्ट गैलरी में चलें, प्रभा?"

अब तक हम लोग क़रीब दो ब्लॉक पार कर चुके थे। फिर वह मानो खुद ही कहने लगी, जैसे अपने-आप से ही बातें कर रही हो, "इस शहर में जितनी कला प्रदर्शनियाँ होती हैं तथा जितनी भी पेंटिंग्स बिकती हैं, उतना शायद ही किसी देश में हो। मेरे पापा के पास इतना बड़ा कलेक्शन है कि क्या बताऊँ; और मज़े की बात सुनोगी? ममी किसी भी पेंटिंग के बारे में नहीं समझती थीं। ब्रैडी भी नहीं समझता। वह तो कहो, मैं हूँ कि उसे हर नयी प्रदर्शनी और उठते हुए सितारों के बारे में सूचित करती रहती हूँ। ब्रैडी को इससे प्रैक्टिस में बहुत सुविधा मिलती है।"

"वह कैसे?"

"अरे, टॉप जेंट्री द क्लास और वह भी न्यूयॉर्क का संगीत और पेंटिंग के बारे में ज़रूर बातें करेगा। आपको यदि कला का ज्ञान नहीं है और आप सोसाइटी में ऊँचे उठना चाहते हैं, तो इसके लिए भी छोटे-छोटे प्राइवेट कोर्स होते रहते हैं, जिनको करने का सबसे बड़ा फ़ायदा यह रहता है कि तुम किसी के सामने दहशत नहीं खाओगी। ब्रैडी की एक पेशेंट प्रायः पूछा करती, 'डॉक्टर, मुझे तो लगता है, पिकासो एबनॉर्मल थे। उनसे ज़्यादा अच्छा काम तो सल्वाडोर डॉली करते हैं।' मुझे बड़ा सुकून मिलता है। मैं घण्टों पिकासो की पेंटिंग के सामने बैठी रह सकती हूँ। मुझे प्रेरणा मिलती है।"

"तो इससे ब्रैडी को क्या असुविधा होती है?"

"अरे, सुनो तो सही। असुविधा तादात्म्य की होती है। रोगी की मानसिक तरंगों को आत्मसात करना होता है। यदि तुम डॉली और पिकासो दोनों से परिचित हो, तो तुम्हें रोगी को समझने में सुविधा होगी। यदि तुम्हारा झुकाव डॉली की तरफ़ हो और पेशेंट को पिकासो पसन्द है, तो तुम तुरन्त अपना पैंतरा बदल लोगे। पिकासो क्यों अच्छा लग रहा है, सोचना चाहिए। बिना इसको समझे तुम विश्लेषण नहीं कर पाओगे। इसी का तो ब्रैडी को पैसा मिलता है। कोई मीरो की बात करेगा, तो कोई मातीस की। कुछ तो जुबान हिलानी पड़ती है।"

"वह कैसे?" मेरा भी कौतूहल बढ़ा।

“भई यूँ समझो कि कला केन्द्र में कोई नया संग्रह आया है। वहाँ तुम देखने गयी हो और वहाँ मिल गया वही एलीट वर्ग। किसी ने कहा, ‘कैथी, यह पेंटिंग बड़ी इंटरेस्टिंग लग रही है।’ उत्तर में मैं कहूँगी, ‘हाँ, मगर रंगों का चुनाव थोड़ा गहरा है, रेखाएँ जगह-जगह पेंटिंग की गहराई को, मेरा मतलब है चौथे आयाम को, चपटा कर रही हैं। अब वह चाहे कितनी भी पैसे वाली हो, चाहे साथ में मिलियन डॉलर वाला पति या प्रेमी चल रहा हो, वह बेचारी बिल्कुल चारों खाने चित हो जायेगी प्रभा, मुझे इसमें बड़ा परपीड़न का सुख मिलता था। शुरू-शुरू में मैं इन लोगों से ख़ौफ़ खाती थी, लेकिन अब यदि ये वैनगाग की बात शुरू करती हैं, तब मैं मातीस की करती हूँ। हंगेरियन फोक आर्ट की प्रदर्शनी में मैं इन तीन-चार को यदि साथ देख लूँ, तब बिल्कुल रेड इंडियन फोक आर्ट या मैक्सिको की आजटेक सभ्यता की बातें करने लगती हूँ। ये सहमकर चुप हो जाती हैं।’”

“क्या तुम मैक्सिको गयी हो? क्या आर्ट तुम्हारा विषय रहा है?”

“अरे, नहीं, बेवकूफ लड़की! मैं यही तो तुम्हें समझाने की चेष्टा कर रही थी कि बिना आक्रामक हुए ये अल्ट्रा रिच सोसाइटी की औरतें तुम्हें जीने नहीं देंगी।” फिर हाथ खींचते हुए बोली, “अरे चलो, हम लोग किसी कैफ़े में बैठें।”

“घर चल रहे थे, फिर वहाँ से आर्ट गैलेरी और अब कैफ़े? कैथी, मैं अपने को ही मूडी समझती थी, पर तुम तो यार, सीमा लाँघ गयीं।”

“क्यों?” उसने बड़ी-बड़ी बादामी आँखों की घनी पलकें झपकायीं। अब उसके इस ‘क्यों’ का उत्तर तो मुझे भी नहीं समझ में आ रहा था। हठात् उसने पूछा, “तुम्हारी उम्र कितनी है?”

“तेईस वर्ष।”

“मैं तैंतीस की हूँ। अतः मेरा अनुभव तुमसे दस साल ज़्यादा है; और मेरी सांस्कृतिक उम्र तुमसे बीस साल बड़ी। कोई बात नहीं। मैं तुम्हें सब सिखाकर ही भारत भेजूँगी।”

“क्या सिखाओगी?”

“ज़िन्दगी को ईमानदारी से झेलने का तरीक़ा।”

“मगर ज़िन्दगी को झेलना ही पड़े, तो जीने का मज़ा ही क्या?”

"झेलना तो पड़ता है। ज़िन्दगी की सारी कला और सृजन तो इसमें है कि तुम ख़ुद पर बड़ी-से-बड़ी त्रासदी में हँस सकते हो या नहीं?"

"मैं समझी नहीं।"

"समझ जाओगी।"

उसने चौराहे पर खड़ी ठेला गाड़ी से दो आइसक्रीम लिए और एक मेरी ओर बढ़ाते हुए बोली, "हम लोग घर चल रही हैं।"

मैंने राहत की साँस ली। सुबह से कैथी ने ढाई सौ डॉलर तो फूँक दिये थे। अभी यदि कैफ़े में जाती, तो और पचास फूँकती। ख़रीदा कुछ नहीं, कोई रेगुलर खाना भी नहीं खाया। छिटपुट, चलते-फिरते यह किन्नरी डॉलर उछालती रही थी।

घर पहुँचते-पहुँचते शाम हो गयी। डॉक्टर ब्रैडले मूर हम लोगों की प्रतीक्षा कर रहे थे। घर में घुसते ही कैथी की धमाचौकड़ी शुरू हो गयी। पहले उसने ब्रैडी को चूम-चाटकर कृतार्थ किया, फिर अपनी स्यामिश बिल्ली की खोज-ख़बर ली। पता चला, उनकी बिल्ली एक दिन बाथटब में कूद पड़ी थी।

"कूद क्या गयी थी, यह कैथी की करनी थी कि बिल्ली को भी फोम बाथ दिया जाये," डॉक्टर मूर ने बीच में ही टोकते हुए कहा। "ख़ैर, कोई भी कारण हो, मगर उस बिल्ली लिली को न्यूमोनिया हो गया था, अतः अस्पताल भेजना पड़ा। अब ठीक है। कल जाकर उसे घर ले आयेंगे।"

मुझे पेपे की याद आ गयी। साथ ही आइलिन की। अचानक मन उमड़ आया। पेपे अब भी रातों को आइलिन का गर्म बिस्तरा खोजता होगा।

खाने के लिए फ़ोन पर डॉक्टर मूर ने ऑर्डर दिया। कैथी ने नकियाते हुए कहा, "मुझे न खाना बनाना आता है और ना बनाऊँगी। सप्ताह में दो दिन एक पार्टटाइम नौकरानी आती है, सारा काम कर जाती है और बाक़ी या तो हम बाहर खा लेते हैं या घर में मँगवा लेते हैं। हाँ, ब्रेकफास्ट में कॉफ़ी बनाना, टोस्ट सेंकना और अण्डे उबालने का काम डॉक्टर ब्रैडी करते हैं।"

मुझे एलिज़ा की याद आ गयी। दोनों बहनों में कितना अन्तर। एलिज़ा का हर पल, हर क्षण, साँसों का आना-जाना, सब कुछ डॉक्टर डी. के चारों तरफ़ ही घूमता रहता। वह सह रही थी अपमान, वंचना, पीड़ा।

वह गीली लकड़ी की तरह सुलग रही थी। क्यों? आख़िर क्यों? सारी स्वतन्त्रता के बावजूद मिसेज़ डी. डॉक्टर डी. से अपना हक़ नहीं माँग रही थी। वह तो कोई भारतीय पत्नी नहीं कि संस्कारों की चट्टानों के नीचे दबी हुई पति परमेश्वर की प्रतीक्षा करती रहे या फिर सारी जलन-कुढ़न के बावजूद चेहरे पर मुस्कान चिपकाये रहे? अपने पत्नीत्व के अधिकारों की झूठी गरिमा से स्वयं अपने ही मन को झुठलाती फिरे और पति से सम्बद्ध किसी दूसरी औरत को बाज़ार की चीज़ माने। जो अपने आँसुओं को जायज़ माने, उस दूसरी से जलने के अपने अधिकार को जायज़ समझे और परिवार की पूरी सहानुभूति सिर्फ़ अपने साथ माने, जबकि उस दूसरी औरत के पास सिवाय अपराध-बोध के और कुछ न रह पाये।

कैथी ने कन्धे झकझोरते हुए खींचकर कहा, ''यह तुम कहाँ खो जाती हो और तुम्हारी आँखों में यह दुनिया-भर का विषाद किसके लिए?''

''कैथी, मैं मिसेज़ डी. के लिए सोच रही थी।''

''क्या?''

''बस, उनका और डॉक्टर डी. का सम्बन्ध।''

''प्रभा, सुनो! मेरी बहन लिज़ा, आंटी एडिना, ये सब प्रेम की शहादत में अपनी ज़िन्दगियाँ गँवा रही हैं। सच कहूँ, प्रभा, मैं जो आज हूँ, जैसी भी हूँ और यदि कोई भविष्य की सम्भावना मुझमें है, तो इसका सबसे बड़ा कारण है मेरी माँ का स्वयं अपनी ज़िन्दगी ईमानदारी से मेरे सामने खोलकर रखना। माँ का यह कहना कि हम एक टूटती हुई सड़ी-गली व्यवस्था की उपज हैं, पर तुम कल की, भविष्य की औरत हो, तुम हमारी जैसी मत बनना। हम कमज़ोर हैं, स्वयं अपनी ही कुण्ठा की शिकार हैं, पर तुम मज़बूत बनना।''

''और आंटी एडिना?'

''ओह! आंटी तो मुझे भविष्य की ऐसी भूमिकाएँ बताती हैं कि,'' फिर धीरे-से कानों में फुसफुसाकर कहा, ''ब्रैडी से मत कहना, आंटी फ़ेमिनिस्ट हैं।''

''फ़ेमिनिस्ट माने?''

"बिल्कुल बेवकूफ़ हो। फ़ेमिनिस्ट किसको कहते हैं, तुम्हें पता नहीं?''

तब तक डॉक्टर मूर कमरे में चले आये थे। बात वहीं रुक गयी। टी. वी. चलने लगा। मौसम की भविष्यवाणी थी कि रात को बारह बजकर पचपन मिनट पर बर्फ़ का तूफ़ान, अतः जहाँ तक हो सके, ख़ासकर मैनहट्टन लांग आइलैण्ड, न्यूजर्सी के पूर्वी भाग में रहने वाले नागरिक सुरक्षा की ख़ातिर बाहर नहीं निकलें।

कैथी ने ख़बर सुनते ही चहककर कहा, ''ब्रैडी, चलो, प्रभा को बर्फ़ का तूफ़ान दिखाकर ले आयें?''

डॉक्टर मूर ने घूरकर उसकी ओर देखा। मगर कैथी थी ही ऐसी कि उसके चेहरे की मासूमियत को देखकर कोई भी उसके आग्रह को नहीं टाल सकता था और यह तो उसके पति थे। बात मैंने ही टाली, ''कैथी, आज छोड़ दो। मुझे नींद आ रही है।''

''आज छोड़ दो? जैसे बर्फ़ का तूफ़ान कोई रेडियो सिटी का रेगुलर शो है, जो कल देख लेंगे?''

''मुझे डर लगता है।''

''तो मत जाओ, मेरी बला से! अच्छा हम लोग घर पर रहकर ही खिड़की से बाहर तूफ़ान देखेंगे। मुझे बड़ा अच्छा लगता है, जब बर्फ़ के तूफ़ान से हडसन पर बने हुए पुल हिलने लगते हैं।''

''कैथी, प्रभा को नींद आ रही है ना?''

''नहीं, तुम यह चाह रहे हो कि तुम्हें सोने दिया जाये। अच्छा, ब्रैडी डार्लिंग, ऐसा करो, तुम सो जाओ। प्रभा को तो मैं जगाये रखूँगी।''

''ओ. के., तुम्हारी जैसी मर्ज़ी।''

बेचारे डॉक्टर ब्रैडी! मैंने मन-ही-मन खुद को अपराधी महसूस किया। पिछले दो दिनों से इस कैथी ने घण्टा-भर भी उनके साथ एकान्त में नहीं बिताया।

''कैथी, तुम क्यों अपने कमरे में नहीं जाती हो। आख़िर तुम्हारे पति अकेले...''

''तो क्या हुआ? मैं नहीं नाचने वाली उसके आगे-पीछे। जब उसके पेशेंट रहते हैं, या किसी सेमिनार में पेपर पढ़ना होता है, तब उसको मेरी याद भी आती है?''

"क्या तुम्हें अपने पति की व्यस्तता से जलन है?"

"बिल्कुल, मैं भी चाहती हूँ कि अपने किसी काम में ऐसी डूब जाऊँ कि मुझे ब्रैडी की ज़रूरत ही महसूस न हो, मगर वह मुझे काम नहीं करने देगा।"

"यह बात तो शादी के पहले सोचनी चाहिए थी।"

"अरे, उस समय तो मैं इसके प्रेम में पागल थी। यह जो-जो शर्तें रखता गया, मैं हाँ-हाँ करती गयी।"

"और अब?"

"अब एक फुर्सती बीवी होने का एहसास मुझे कचोटता रहता है। ब्रैडी से कुछ कहते ही वह कहता है कि मैंने तुमसे शादी के पहले ही कह दिया था। बस, इसीलिए घुमावदार रास्ते पर हूँ।"

"क्या तुम इसे ईमानदारी कहोगी?"

"अपना दर्शन मत बघारो! मुझे पता है कि मुझे क्या करना है।" फिर प्यार से पूछा, "अच्छा बोलो ब्रैंडी लोगी या कॉफ़ी?"

"कॉफ़ी, ब्लैक।"

"काश! ब्रैडी मान जाता। मेरा कहना था कि तुम यदि बीच में नहीं बोलतीं, तो इस समय ईस्ट विलेज में जाकर हम एस्प्रेसो कॉफ़ी पीते। न्यूयॉर्क के विश्वविद्यालय का इलाक़ा है।"

"सॉरी कैथी, मुझे यही लगा कि अपने लिए डॉक्टर ब्रैडी को इस वक़्त परेशान करना..."

"परेशान करना? मैं बार-बार तुम्हें एक ही बात कह रही हूँ, बिना परेशान किये उसके पौरुष का दर्प नहीं टूटेगा। वह मुझे कहीं का नहीं छोड़ेगा।"

"कैथी, क्या तुम्हें मालूम नहीं था और अभी तो शादी का पूरा एक साल भी नहीं हुआ।"

"मैं ऊब गयी हूँ। क्या करूँ, प्रभा? मैंने सोचा था कि बोस्टन की ज़िन्दगी घुटन-भरी है, डैड का वज़न सर पर रहता है। न्यूयॉर्क में तो एक अमीर औरत सुबह से रात तक व्यस्त रह सकती है।"

"व्यस्त तो तुम भी हो।"

"इसको तुम व्यस्तता कहती हो? कितनी पार्टियों में जाऊँ? कितने कपड़े सिलाऊँ? और फिर हर रात बस वही, वैसा-का-वैसा। वह मुझे जब चूमना शुरू करता है, मैं जान जाती हूँ कि एक के बाद एक सब कुछ वैसा ही घटेगा, जैसा घटता चला आ रहा है।"

"कैथी, इतना मत सोचो। एक बच्चा हो जाता..."

"क्या बकवास कर रही हो? बच्चा मेरी ज़िन्दगी को सार्थक बना देगा? वह तो केवल मेरी ज़िन्दगी के और बीस वर्ष खा जायेगा और उसके बाद कोई नहीं रहेगा। वह घर छोड़कर पता नहीं कहाँ, किस जगह..."

मुझे बिटिना की सिसकती हुई आवाज़ याद आ गयी, "प्रभा, ममी चली गयीं, हम सब एक-एक कर चले जायेंगे। डैड का क्या होगा? उनकी देख-रेख?"

"कैथी, यूँ अपने प्यार को तबाह मत करो।"

उसने एक ठण्डी साँस छोड़ी। एक हलका उदास बादल आँखों में उमड़ा और फिर वह किचिन की ओर जाने के लिए उठ खड़ी हुई।

रात साढ़े दस बजे थे। कैथी का कहना था कि तूफ़ान रात को बारह बज कर पचपन मिनट पर आयेगा। मौसम की भविष्यवाणी घड़ी देखकर मिलाई जा सकती है। मुझे नींद आ रही थी। कैथी के भीतर उठे हुए तूफ़ान को झेलने की मुझमें हिम्मत नहीं हो रही थी। नहीं, मेरे भगवान! इतनी ख़ूबसूरत ज़िन्दादिल औरत के मन में कोई बर्फ़ का तूफ़ान मत ला! यूँ दिलों में, दो बेहद प्रेम करते दिलों में, महज़ ज़रा-सी समझ के अभाव में बर्फ़ का जमते चले जाना!

"तुम्हें नींद आ रही है?"

"नहीं-नहीं।" मैंने जबर्दस्ती आँखें खोलते हुए कहा।

"अच्छा, तुम यहीं काउच पर सो जाओ। तूफ़ान आने पर उठा दूँगी। कम्बल ला देती हूँ।"

पता नहीं रात को तूफ़ान कब आया और कब निकल गया। आँखें खुलीं, तो देखा आकाश में सूरज चमक रहा है और हडसन पर बने पुल, स्टैच्यू ऑफ़ लिबर्टी, शहर के ऊँचे-ऊँचे मकानों की छतें, नीचे चलने वाली सड़क, सब बर्फ़ में, सफ़ेद बर्फ़ में ढँके हुए हैं। मैंने खिड़की खोली।

एक ताज़ी बर्फ़ीली हवा और काँच-सा चमकता हुआ दिन। नीचे सड़क पर बुलडोजर बर्फ़ हटा रहे थे। कैथी शायद सो रही थी। मैं किचिन में चाय बनाने घुसी, तो देखा वहाँ टेबल पर कॉफ़ी का मग लिए डॉक्टर ब्रैडी बैठे हैं।

''गुड मॉर्निंग! बर्फ़ का तूफ़ान कैसा लगा?''

''मैं सो गयी थी।''

''अच्छा!''

''पता नहीं क्यों कैथी ने जगाया ही नहीं? या फिर शायद जगाया हो मैं उठी नहीं।''

''नहीं, वह सोते हुए आदमी को कभी नहीं जगाती। कहती है, यूँ ही लोग तरह-तरह की चिन्ताओं से घिरे रात-रात जागते रहते हैं।''

''क्या कैथी भी जागती है?''

''पता नहीं। मैं तो गहरी नींद सोता हूँ।''

डॉक्टर ब्रैडी व्यक्तिगत बात पर नहीं आना चाह रहे थे और बात उचित भी थी, मगर मन ने ही उत्तर दिया, ''तुम केवल देखो, जितना समझ पाओ, समझ लो और वापिस अपने देश चली जाओ! संघर्ष तुम्हारे सामने भी है।''

''बर्फ़ घण्टे-भर में साफ़ कर दी जायेगी। उसके बाद तुम लोग घूमने जा सकती हो। अच्छा, मैं चला। कैथी से कहना कि क्लीनिक में मुझे फ़ोन कर ले।''

क़रीब दो बजे खा-पीकर मैं और कैथी निकले। इस बर्फ़ में भी लोग बाहर निकले हुए थे। सारा शहर पूरब से पश्चिम, उत्तर से दक्षिण, वैसे ही चल रहा था, मानो कुछ घटा ही न हो। हाँ, कपड़े थोड़े बदल गये थे। पैरों में रबर के लम्बे बूट, हाथों में दस्ताने। "क्या यह शहर कभी सोता नहीं?" मैंने मन-ही-मन सोचा, "और यदि ये दिन-भर चलते ही रहते हैं तो काम कब करते हैं?"

टैक्सी में बैठे-बैठे ही कैथी मुझे ट्रेड सेंटर, एम्पायर स्टेट बिल्डिंग, अन्तरराष्ट्रीय संघ आदि महत्त्वपूर्ण जगहें दिखाती जा रही थी। हम लोग ब्लूमिंगडेल के सामने उतरे। भीतर काफ़ी भीड़ थी। कैथी ने कहा, "चूँकि आज बाहर बर्फ़ है और विशेष कुछ करने को नहीं, इसलिए ज़्यादातर लोग ब्लूमिंगडेल सैक या मेसी जैसे डिपार्टमेंटल स्टोर में ही समय काटेंगे।

सारे रेस्टोरेंट और कॉफ़ी हाउस ठसाठस भरे होंगे।" फिर उसने मुस्कराकर कहा, "आज ब्रैडी के पास सबसे अधिक पेशेंट आयेंगे। ब्रैडी इसको विंटर डिप्रेशन कहते हैं।"

"मुझे लगता है कि तुम्हें भी विंटर डिप्रेशन हो गया है।"

वह खिलखिला उठी। सुबह से यह पहली बार उसकी हँसी छलकी थी, "अरे, नहीं, घबराओ नहीं। मैंने तुमसे कहा था ना कि यह मेरा शॉविनिस्ट सूअर पति सीधे रास्ते से मेरी बात नहीं मानेगा।"

"कैथी, क्या कोई ईमानदार समझौता नहीं हो सकता?"

"समझौता और वह भी ईमानदार? समझौते का अर्थ ही होता है कि आप अपने प्रति कहीं बेईमान हो रहे हैं।"

"मैंने पहले भी कहा था न, उसके तर्कों के फन्दे में न पड़ना ही अच्छा है।

'ब्लूमिंगडेल' जगमगाता हुआ न्यूयॉर्क का मशहूर डिपार्टमेंटल स्टोर, सात तल्ले की बिल्डिंग। कैथी ने चीज़ें ख़रीदना शुरू कीं। पहले हम लोग महिलाओं की पोशाक वाले सेक्शन में गये। वह कपड़े क्या ख़रीद रही थी मानो शाक-भाजी। फिर कोट, स्वेटर, जूते। उसके चेहरे पर एक अजीब-सा उन्माद था, मानो वह सारी दुकान ही ख़रीदकर रख देगी। पचासों स्वेटर्स की तहें उसने लगायीं, जिसका औसत दाम 150 से 250 डॉलर या पता नहीं कितना! एक बार मैंने कहा भी, "कैथी, इतने कपड़े तुम्हारी अलमारी में अटेंगे कैसे?"

वही बड़ी-बड़ी बादामी आँखें शैतानी से मुस्कराकर चहक उठीं, "क्यों? पुराने सारे फेंक दूँगी। तुम अपने लिए भी कपड़े लो मेरी ओर से। मेरा तोहफ़ा।"

"कैथी, एक दोस्त होने के नाते तुम मेरे आत्मसम्मान की क़द्र करोगी ना?"

"तुम्हारा यह आत्मसम्मान, यह संयम ही तो मुझे मेरी नज़र में छोटा कर रहा है।"

"यह क्या बात हुई, बच्चों जैसी?"

"नहीं, मैं संजीदा हूँ, क्योंकि तुम पैसे से प्रभावित नहीं होतीं।"

"नहीं, ऐसी बात नहीं है, पर जो चीज़ें मुझे मिलेंगी नहीं, उनकी मेरे मन में कभी आकांक्षा नहीं होती।"

"तुम्हारा मन नहीं करता कि तुम्हारे पास मिंक कोट हो? हीरे का नेकलेस हो? मेरे जैसा फ़्लैट हो?"

"कैथी, तुम्हारे जीवन-स्तर के बराबर मेरे देश में बहुत कम परिवार हैं, और दूसरी बात, इन बातों में मेरी रुचि अधिक नहीं।"

"क्यों?"

"क्योंकि इन सबके लिए जो समझौता करना पड़ेगा, वह मैं नहीं कर सकती।"

"अच्छा, एक स्वेटर मेरी ओर से उपहारस्वरूप ले लो। सच कहूँ तो मुझे भी इन चीज़ों की ज़रूरत नहीं है, पर ब्रैडी को सज़ा देनी है।"

"परपीड़न की इस मनोवृत्ति से लाभ?"

"मुझे पता नहीं।"

अब हम लोग नीचे आ गये थे। उसने ढेरों सेंट की शीशियाँ, लिपस्टिक, मेकअप का सामान, पता नहीं क्या-क्या लिया। हर काउंटर पर रुक-रुककर कुछ ऑर्डर देती जा रही थी और फिर पेमेंट काउंटर पर क्रेडिट कार्ड दिखाकर पैकेट ले लेती। इतने पैकेट तो सँभालने मुश्किल थे! दुकान में उसने अपने घर का पता दे दिया। शाम को चार बजे के बाद भेजने के लिए कहा।

"चलो, हम लोग सेंट्रल पार्क चलते हैं। वहाँ कॉफ़ी पीयेंगे और बातें करेंगे।"

बीच में अचानक टैक्सी वाले से उसने टिफानी जाने को कहा। दुनिया की मशहूर गहने की दुकान। भीतर की सजावट तथा जगमगाहट देखते ही बनती थी। वहाँ के तौर-तरीक़े देखकर लगता कि मादाम ब्रैडले मूर से सब परिचित हों। चमड़े के सोफ़े में धँसते हुए कैथी ने फरमाया, "ह्वाट इज़ लेटेस्ट?"

एक हीरे और नीलम का हार निकाला गया, साथ में ब्रेसलेट। दाम चालीस हज़ार डॉलर।

"घर भेज दीजिएगा।"

दस मिनट में हम लोग बाहर थे। हे भगवान! यह कहीं पागल तो नहीं हो गयी है? नहीं, वह पूरे होश-हवास में थी।

मैडिसन एवेन्यू थ्री ट्वेंटी। वहाँ उतरकर दूसरे फुटपाथ पर हम लोग सलाद-बार में घुसे। गर्म सूप और ब्रेड खाने के बाद जान में कुछ जान आयी। वैसे ठण्ड सहन करने की आदत हो चली थी। बातों-ही-बातों में मैंने कैथी से पूछा, "कैथी, यहाँ हारलेम कहाँ पर है?"

"देखना चाहोगी?" उसने पूछा।

"सम्भव होगा?" मेरे स्वर में आग्रह था।

"कैथी के लिए कुछ भी असम्भव नहीं, पर ब्रैडी से मत बोलना। हम लोग कल चलेंगे।"

शाम को घर पर अलग ही नज़ारा था। पूरा ड्राइंग रूम, बैठकर चाय पीने वाला जापानी बगीचा, सोफ़ा, कालीन—हर जगह केवल पैकेट नज़र आ रहे थे। सामान और केवल सामान। सोफ़े पर कैथी अपने नीलम के हार को उलट-पुलट रही थी। घर में पैर रखते ही डॉक्टर ब्रैडले के पैरों से पैकेट टकराने लगे। कैथी के गालों को चूमते हुए उनकी नज़र हीरे के हार पर पड़ी, मगर उनमें ग़ज़ब का आत्मनियन्त्रण था। एक शब्द भी नहीं फूटा। बस, इतना-भर पूछा, "इन्हें रखोगी कहाँ?"

"पहले पुराने सामानों को चर्च में भेज दूँ?" एक ज़िद्दी-उग्र बच्चे की तरह कैथी ने पूछा।

"ओ.के., स्वीटहार्ट! खाना हम लोग बाहर खाने चलें?"

"नहीं, घर में खायेंगे।"

"स्टेक?"

"नहीं, पित्जा।"

"प्रभा क्या लेगी?"

"उसका पेट भरा है। वह सोना चाहती है।" बिना मुझसे पूछे कैथी ने उत्तर दे दिया था।

डॉक्टर ब्रैडी की गहरी नीली आँखें कैथी पर कुछ क्षण रुकी रहीं, फिर उठकर उन्होंने 'डेली' में फ़ोन कर दिया पित्जा के लिए।

दूसरे दिन कैथी फुसफुसायी, "हम लोग हारलेम चल रहे हैं। तैयार हो जाओ।"

"क्या मैं साड़ी पहन लूँ?"

पता नहीं मैंने यह क्यों पूछा? शायद अचेतन में कहीं मुझे अपने में और काले लोगों में कोई समानता दिखी।

कैथी की चमचमाती हुई सफ़ेद क्राइसलर हारलेम की ओर जा रही थी। चमचमाता हुआ शहर धीरे-धीरे ग़रीब होता जा रहा था। हम लोगों ने दाहिने एक गली में गाड़ी खड़ी की। उजड़े हुए मकान, जिनके खिड़की-दरवाज़े ग़ायब थे, जगह-जगह ग्रैफिटो लिखे हुए। श्वेत अमेरिकन के ख़िलाफ़ नस्लवाद का आरोप। कहीं अब्राहम लिंकन की तस्वीर, साथ में मार्टिन लूथर किंग। एक मकान के सामने लिखा था– सावधान! यदि तुम गोरे अमेरिकन हो, तो भीतर जान का ख़तरा है।

बायें फुट के उस पार एक उजड़ा-सा पार्क नज़र आया। लुढ़के हुए बियर-कैन, शराब की बोतलें, बेंच पर ऊँघते हुए नशे में धुत्त कुछ बुड्ढे-बुड्ढियाँ।

यही हारलेम है, जिसके बारे में इतना सुन रखा था! ग़रीबी से भी बढ़कर एक ख़तरा जैसे सनसना रहा था।

"कैथी हम लोग वापस चलें।" क्योंकि आते-जाते काले लोगों के चेहरे पर हैरत को पढ़ा जा सकता था।

"रुको ना यार! थोड़ा देखने तो दो।"

तब तक एक बुढ़िया टकरायी, "यू आ काम फाम इंडिया? गाँधी, वी लव गाँधी..."

"कैथी, चलो वापस। पता नहीं क्यों मुझे यहाँ कालों की आँखों में तुम्हारे प्रति हिंसा दिख रही है।"

"तुममें ज़रा भी सेंस ऑफ एडवेंचर नहीं? चलो बाबा, वापिस ही चलते हैं।"

लौटकर गाड़ी के पास आये। देखा तो काले छोकरे गाड़ी के मडगार्ड पर बैठे थे। लाल लिपस्टिक से गाड़ी के ऊपर गालियाँ लिखी हुई थीं। कैथी ने ज्योंही गाड़ी का दरवाज़ा खोलने के लिए चाबी घुमायी, त्योंही एक सख़्त हाथ ने उसकी कलाई पकड़ ली।

"नो यू कांट गो।"

कैथी का चेहरा सफ़ेद हो गया था। दूसरी आवाज़ आयी, "हे द ह्वाइट विच! तुम यहाँ कैसे?"

तीसरी आवाज़ का धमाका, "वी विल फक यू, द बास्टर्ड सन आफ विच...!"

आवाज़ें और आवाज़ें! भीड़ घेरती चली जा रही थी। पता नहीं मैं शायद परिणाम से अनजान थी या फिर कलकत्ता में रहने की वजह से भीड़ और जुलूस से मुझे दहशत कम होती थी। मैंने क़रीब-क़रीब चीख़ते हुए कहा, "हम लोगों को जाने दो। हम लोग टूरिस्ट हैं।"

एक काले आदमी ने मुझे कैथी से खींचकर अलग किया।

"तुम जाओ, तुम भारतीय हो। बट वी विल रेप हर।"

तब तक कैथी चक्कर खाकर गिर पड़ी। दो-तीन पिस्तौल निकल चुके थे। मेरे गले की गरगराहट से केवल, ''नो-नो, डोंट...'' पर भय और दहशत।

एक ने कैथी को कन्धे पर लटका लिया और दो क़दम आगे बढ़ा। मैं ज़ोरों से रो पड़ी, ''नो-नो, यू कांट, प्लीज़...!'' लेकिन वह वहशी भीड़, हिंसा का उन्माद।

किसी ने कहा, ''गाड़ी में आग लगा दो।'' दो-तीन सिगरेट लाइटर जल उठे।

मगर अचानक भीड़ को ढकेलते हुए कोई आगे बढ़ा। उसके हाथ में चाकू चमक रहा था। चीख़ते हुए उसने कहा, ''यदि तुम लोग एक क़दम भी आगे बढ़े, तो मैं यहीं चीरकर रख दूँगा।''

एक ख़ौफ़नाक दहशत। क्षण-भर की चुप्पी, जिसमें दस-बीस साँसों की आहटें भी सुनाई दे रही थीं। ऊपर अगल-बगल, दूर से झाँकते हुए चेहरे। मुझे उसका चेहरा पहचाना हुआ लगा। अरे, यह तो वही काला आदमी है, जो बस में मेरे साथ हमसफ़र बना था। आँखें मिलते ही उसके चेहरे पर सफ़ेद हँसी झलक उठी। उसने हाथ बढ़ाया। पूछा, ''क्या हम दोस्त नहीं?''

अब तक का रुका हुआ आवेग, भय, जीवित मृत्यु का भय आँखों से फूट पड़ा। मेरी हिचकियाँ बँध गयीं। उसने हाथ से मेरे दोनों कन्धों को समेटकर कहा, ''नो-नो, डोंट क्राई, यू आर माई फ्रेंड।''

उन लोगों ने कैथी को उतार दिया था। उसका पीला ज़र्द चेहरा पसीने में डूबा हुआ था। वह अब भी थर-थर काँप रही थी। मैं आगे बढ़कर कैथी से लिपट गयी और हम दोनों की फिर हिचकियाँ बँध गयीं।

"कैथी!" मैं उसके आँसू पोंछ रही थी।

"प्रभा!" वह मुझे चूम रही थी। उसने सफ़ेद क्राइसलर के पीछे का गेट खोला और क़रीब-क़रीब हम दोनों को भीतर ढकेलते हुए तुरन्त गाड़ी स्टार्ट कर दी। इससे पहले भीड़ कुछ सोचे, गाड़ी पूरी रफ़्तार से हारलेम से बाहर एवेन्यू पर दौड़ रही थी। कैथी रोये जा रही थी। उसकी हिचकियाँ बँध गयी थीं।

अब उस काले आदमी के दहाड़ने की बारी थी, "रोओ मत! मुझसे औरत का रोना बर्दाश्त नहीं होता।"

हिचकियों में कैथी ने जवाब दिया, "आय वांट हेल्प।"

"आप लोगों से किसने कहा यहाँ पर आने को? आप तो अमेरिकन हैं! क्या आपको यहाँ के हालात का पता नहीं?"

"मैं अपनी दोस्त को रियल अमेरिका दिखाना चाह रही थी।"

"तो रियल अमेरिका की यही तस्वीर है?"

कैथी अब तक काफ़ी सँभल चुकी थी। उसने कहा, "अब तुम उतर जाओ। मैं गाड़ी चला लूँगी।"

"ओ. के.।" वह गाड़ी रोककर उतर पड़ा।

उसने फिर कहा, "कहीं एक्सीडेंट मत कर बैठना। तुम्हारा नर्वस ब्रेक डाउन हो गया है।"

"नहीं-नहीं, मैं चला लूँगी।"

"मादाम, इस घटना के बारे में तुम पुलिस को मत ख़बर देना, वरना दुनिया के किसी भी कोने में, जहाँ भी रहोगी, मैं ज़िन्दा नहीं छोड़ूँगा।"

"मैं जीसू की क़सम खाती हूँ।"

"ओ. के., गो एन फक यो गौड।" उसकी आँखों में घृणा की लपटें लहरा रही थीं।

किसी तरह हम लोग घर पहुँचे। कैथी बिल्कुल ख़ामोश थी। मैंने ही चुप्पी तोड़ी, "कैथी, आय एम सॉरी। आज मेरे कारण..."

उसने मेरे मुँह पर हाथ रखते हुए कहा, ''चुप, बिल्कुल चुप! भूल जाओ। इस हादसे का ज़िक्र मत करना। ब्रैडी पुलिस को ख़बर दिये बिना नहीं मानेगा, किसी भी हालत में नहीं। जो कुछ भी घटा बस, यहीं रख लो।'' वह कलेजे पर हाथ रखते हुए बोली।

मैं उस काले आदमी के बारे में सोच रही थी। कैथी ने दो हरी गोलियाँ खायीं। मुझे चॉकलेट मिल्क दिया और कहा, ''चलो, अपने-अपने कमरे में सो जायें। ब्रैडी जगायेंगे तब कह दूँगी मुझे माइग्रेन हो गया है। यूँ भी शायद बिस्तर से न उठ सकूँ।''

उसके चेहरे पर अब भी दहशत के चमगादड़ लटक रहे थे।

''तुम नहीं जानतीं कि आज हम मौत के मुँह से बच आये हैं। तुम्हारा वह दोस्त यदि वक़्त पर नहीं पहुँचता...''

'दोस्त?' मैं सोचने लगी। मैंने उसे दोस्त की निगाहों से देखा ही कब? हेल्गा की नसीहतें। हर नसीहत तो अपने-अपने अनुभव और कल्पना पर आधारित होती है।

''अच्छा प्रभा, मैं सोने जा रही हूँ। मेरा सिर चकरा रहा है।''

दूसरे दिन कैथी को तेज़ बुख़ार था। डॉक्टर ब्रैडी चिन्तित थे।

मैंने कहा, ''आप जाइए, मैं सँभाल लूँगी।''

''नहीं, लगता है इसको कोई सदमा पहुँचा है। अच्छा प्रभा, कल इसकी एलिज़ा से बात हुई थी क्या?''

''नहीं, नहीं तो। क्यों मिसेज़ डी. ठीक है ना?''

''नहीं, मैं तुम्हारी छुट्टी ख़राब करना नहीं चाह रहा था। बात यह है कि...'' फिर वह एकदम चुप हो गये।

''क्या हुआ मिसेज़ डी. को? प्लीज़, मुझे बताइए। विश्वास रखिए, बात मुझ तक ही सीमित रहेगी।''

''नहीं, बात तो कैथी को भी पता चलेगी। एलिज़ा ने दो दिन पहले नींद की गोलियाँ खा ली थीं, आत्महत्या की चेष्टा की, पर बचा ली गयी। मगर अब मेंटल डिरेंजमेंट के आरोप पर डॉक्टर डी. ने कोर्ट से अलग रहने की इजाज़त ले ली है। अच्छा होता, ज़हर न खाकर एलिज़ा खुद तलाक़ दे देती। मगर एलिज़ा की ज़िद। वह जियेगी कैसे डॉक्टर डी. के बिना?''

"हो सकता है कि कैथी को पता चल गया हो और उसने मुझसे छिपाया हो। मुझे तो बस उसने यही कहा था कि सिर में तेज़ दर्द हो रहा है।"

"अच्छा, ये दवाइयाँ रखो और हो सके, तो उसे अधिक-से-अधिक दूध और फल का रस देती रहना। मुझे लौटने में देर होगी।"

कैथी के सिर पर मैं बर्फ़ की पट्टी रखे बैठी थी। बुख़ार और तेज़ हो गया था। अब वह डिलिरियम में बीच-बीच में चीख़ रही थी, "नो, प्लीज़, नो! मुझे छोड़ दो!"

मैं ख़ुद हक्का-बक्का हो रही थी। डॉक्टर ब्रैडी ने दवाइयाँ दो-दो घण्टे पर देने के लिए कहा था। दोपहर को बारह बज रहे थे। दवा का यह तीसरा डोज़ था। कल इसी वक़्त हम लोग हारलेम। मगर जितनी दहशत कल नहीं हुई थी, उतनी आज और अधिक। इसका डिलिरियम नहीं उतरा तो? हे भगवान! क्यों मुझे टूटते हुए घर दिखा रहे हो? और यह तो इतनी मोहक हँसती-खेलती ज़िन्दगी। मैं अपने को ही कोसे जा रही थी। बेकार हारलेम जाने की बात उठायी।

ख़ैर, चौथी गोली के बाद क़रीब दो बजे से उसका बुख़ार कम होना शुरू हुआ, डिलिरियम ख़त्म हुआ।

"कैथी!" मैंने उसके माथे पर हाथ रखकर पूछा, "कैसा लग रहा है?"

एक जोड़ी उदास बादामी आँखों ने फीकी मुस्कराहट के साथ उत्तर दिया, "ठीक हो रही हूँ।"

"दूध पीओगी?"

"हाँ।"

"गर्म या ठण्डा?"

"हॉट चॉकलेट।"

दूध पीकर वह फिर सो गयी। बुख़ार उतर रहा था। डॉक्टर ब्रैडी का फ़ोन आया, "कैसी है?"

"ठीक हो रही है।"

"आज मेरा एक सेमिनार है। मुझे घर लौटने में बहुत देर हो जायेगी। क्या तुम उसको सँभाल लोगी?"

"जी, बिल्कुल। आप चिन्ता न करें।"

"अच्छा सुनो, यह नम्बर लिख लो। मेरे एक डॉक्टर दोस्त का है। एमर्जेन्सी में बुला लेना। वैसे मैं सोचता हूँ, ज़रूरत नहीं पड़ेगी और हाँ उसे किसी से फ़ोन पर बात मत करने देना।"

"जी, बिल्कुल ठीक।"

"ओ.के., सी यू।"

मैं कमरे में लौटी। देखा, वह आँखें खोले छत की ओर देख रही है।

"कैथी, कुछ सँभल रही हो?"

"हाँ, बुख़ार भी उतर रहा है। प्रभा, मुझे लेमोनेड लाकर दोगी? और काफ़ी सारा बर्फ़ हो उसमें।"

"साथ में एक टोस्ट खा लो न? तुमने कल से कुछ खाया भी नहीं।"

"तुमने भी तो नहीं खाया। प्रभा, हम लोग बच गये, सच में बच गये।"

"कैथी, अब इस चर्चा को बन्द करो। ख़ैरियत तो यह है कि तुम्हारा बुख़ार उतर रहा है अन्यथा डिलिरियम में..."

"ओह! लेमोनेड दोगी?" उसने फिर कहा।

"ज़रूर, अभी लायी।"

मैं एक बड़े-से गिलास में उसके लिए लेमोनेड और अपने लिए कॉफ़ी लेकर लौटी। साथ में ब्रेड और मक्खन था। दोपहर के चार बज रहे थे। फ़ोन की घण्टी बजी। मिसेज़ डी. बोल रही थीं, "कैथी से बात कराओ। तुम कैसी हो, प्रभा?" अनन्त गहराइयों से उठती हुई वह आवाज़। मन हाहाकार कर उठा।

"कैथी घर पर नहीं है, मिसेज़ डी। वह घण्टे-दो घण्टे में लौटेगी।"

"प्रभा?"

"हाँ, एलिज़ा।"

"प्रभा, जिसका मुझे डर था, वही हुआ। मैंने तलाक़-पत्र पर दस्तख़त कर दिये हैं।"

"अरे!" मेरे मुँह से निकला।

"हाँ, मुझे नहीं पता था, वे मेरे साथ ऐसा करेंगे। मेरी क्या ग़लती थी, प्रभा? तुम बताओ, तुमने भी तो मुझे देखा है।"

वे दस मिनट तक एक ही बात के चारों ओर चक्कर काटती रहीं। मेरी क्या ग़लती थी? मुझमें कौन-सी कमी थी? मैंने उसके लिए क्या नहीं किया? वे मुझे पुरानी कमीज़ की तरह उतार फेंकेंगे! वह बोलती रही और रोती रही। रो मैं भी रही थी। किसके दुःख से, कौन-से सदमे से, नहीं मालूम, पर रो रही थी। मिसेज़ डी. की बातें ही सुनती रही। बार-बार गले में एक वाक्य आकर अटक जाता, 'मिसेज़ डी., पेपे कैसा है? ज़िन्दा है? आपको उसकी ख़बर मिली?'

मैं वापस शब्दों को निगल लेती। नहीं, यह भी कोई वक़्त हुआ पेपे के बारे में पूछने का? तलाक़-पत्र पर हस्ताक्षर करके रोती हुई स्त्री से एक लावारिस कुत्ते के बारे में पूछने का? ज़िन्दा ही होगा, लेकिन उस दिन असाइलम से लौटते वक़्त गाड़ी में मिसेज़ डी. ने कहा था, "वह जीयेगा नहीं, ज़्यादा दिन। बात यह है कि आइलिन उसको बच्चे की तरह पालती और यहाँ तो आख़िर जानवर को जानवर की तरह ही रखा जायेगा।" नहीं, इस वक़्त मुझे पेपे के बारे में चुप रहना चाहिए।

"प्रभा, तुम सुन रही हो?"

"हाँ-हाँ, मैं सुन रही हूँ आपकी बातें।" मैं झूठ बोल रही थी, पता नहीं क्यों!

"प्रभा, कैथी बाहर से लौटे तो उससे फ़ोन पर बात करने के लिए कहना और हाँ, सुनो, तुम्हारी वापसी का टिकट किस दिन का है?"

"परसों का।"

"अच्छा, तुम कैथी से पैसे ले लेना। संकोच मत करना, पर अपने घरवालों के लिए उपहार ज़रूर ले जाना।"

"नहीं, आप बिल्कुल चिन्ता न करें, एलिज़ा। मेरे पास पैसे हैं।"

"ओ.के., हनी, गॉड ब्लेस यू!"

खट से फ़ोन रखा गया। अब समस्या मेरे सामने थी। कैथी को कैसे बताऊँ? अभी-अभी तो उसका बुख़ार उतरा है। वह एलिज़ा को बेहद चाहती है। कहीं बहन का टूटा घर वापिस उसे डिलिरियम में न फेंक दे? लेकिन उसे अनजान रखूँ और कहीं ब्रैडी ने पूछ लिया तो? इस 'तो' का जवाब मुझे नहीं सूझ रहा था।

पिछले चार महीने में ज़िन्दगी के इतने हिस्से देख चुकी थी कि लगता था मेरी उम्र अचानक बहुत पक गयी है। औरत की ज़िन्दगी के भयावह सच मेरे सामने पर्त-दर-पर्त उघड़ते गये थे और यहाँ पर यदि यह स्थिति है, तो मेरे देश में; और वह भी मारवाड़ी समाज में कैसे झेलूँगी? कैसे? इसका भी उत्तर नहीं मिल रहा था। चलो, अपने बारे में फिर सोच लूँगी, अभी तो कैथी की समस्या...

वापिस कमरे में आयी। वह अब काफ़ी स्वस्थ लग रही थी। बुख़ार पूरी तरह उतर चुका था।

"किसका फ़ोन था? एलिज़ा का?"

मेरा चेहरा सफ़ेद हो गया। हाथ में पकड़ा हुआ कॉफ़ी का कप छलक उठा। उसकी शान्त बादामी आँखें मुझ पर टिकी हुई थीं।

"क्या हुआ एलिज़ा को?"

"कुछ नहीं।"

"मुझसे छिपाओ नहीं। कल वाले हादसे के बाद अब कोई भी बात मुझे नहीं हिला सकती। बोलो क्या हुआ एलिज़ा को? क्या वह डॉक्टर डी. को तलाक़ दे रही है?"

"नहीं, उसने परसों रात को गोलियाँ खा ली थीं, बच गयी है, मगर डॉक्टर डी. ने पागलपन के आधार पर कोर्ट में तलाक़ की अर्ज़ी दे दी है।"

"बास्टर्ड! स्वाइन!" कैथी का मुँह लाल इंगुर-सा हो गया।

"कैथी, अपने को सँभालो! कैथी, तनाव तुम्हारे लिए ठीक नहीं होगा।"

"मुझे ब्रैंडी दोगी?"

"ब्रैंडी लेकर क्या करोगी? यूँ ही सुबह से इतनी गोलियाँ खा चुकी हो। ऐसा करो, खाना खा लो।"

"नहीं, मुझे भूख नहीं है। तुमने क्या खाया?"

"तुम मेरी चिन्ता छोड़ो।"

"अच्छा 'रेप्स' में फ़ोन कर देते हैं। पित्जा मँगा लेते हैं, हाँ?"

मैंने फ़ोन पर पित्जा का ऑर्डर दिया। मैं किचिन से कैथी के लिए एक गिलास सन्तरे का रस लेकर लौटी।

"प्रभा, एलिज़ा को..." उसकी आँखें बरसने लगीं, "एलिज़ा मेरी सबसे अच्छी बहन है, प्रभा, हमारे परिवार में कोई भी औरत सुखी क्यों नहीं? ममा ने आत्महत्या कर ली। आंटी एडिना का प्यार असफल रहा और अब एलिज़ा। एलिज़ा इन्वेस्टेड हरसेल्फ़ टोटली। इतना टूटकर किसी को चाहना कि अपना कहने लायक कोई चीज़ न बचे।"

"कैथी, प्लीज़ कैथी, शान्त रहो!"

"नहीं, मैं शान्त हूँ, कल के सदमे के बाद अब कोई भी हादसा मुझे परेशान नहीं कर सकता। फ़ोन ज़रा इधर देना, मैं ब्रैडी से बात कर लेती हूँ।"

न्यूयॉर्क आये हुए मुझे चार दिन हो गये थे और अब रविवार को घर लौटना था। बीच में कुल दो दिन बचे थे। कैथी की हालत ऐसी नहीं थी कि वह मुझे लेकर बाहर निकल सके, पर उसने लेटे-लेटे रीजेन्सी फ़ोन किया। किसी सोनिया नाम की लड़की से बातें कीं। फ़ोन पर ही टैक्सी को बुलाया और नीचे उतरते वक़्त ज़बर्दस्ती सौ डॉलर का एक नोट मेरे बैग में रख दिया। उसको चोट पहुँचाने की मेरी हिम्मत नहीं थी। उसका कोमल चेहरा और बड़ी-बड़ी बादामी आँखें किसी कुचले हुए खरगोश की तरह लग रही थीं।

आज हेल्थ बार इतना अपरिचित नहीं लगा। पत्तागोभी का रस निकालती हुई सोनिया मुझसे कह रही थी, "यह न्यूयॉर्क है, यहाँ सपने बनते हैं और सपने टूटते हैं। कभी मैंने भी बेहद मीठा सपना देखा था कि मैं 'कार्नेगी हाल' में जाऊँगी; और आज इन छिलकों की तरह जीवन का सारा रस निचुड़ गया है। तुम लैरी को देखो, वहाँ कैश पर बैठा गीतों की कड़ियाँ जोड़ रहा है। सारी रात गाता है, गाता रहेगा, जब तक कि भाग्य के दरवाज़े न खुलें।"

तब तक परसों वाली लड़की आयी और मुझसे पूछा, "कैरेट हवाना पिओगी?"

सोनिया की आँखें चमक उठीं "तुमको कैरेट हवाना पसन्द है? मैं अभी बनाती हूँ। आज तुम हमारी मेहमान हो। पैसे मत देना।"

मैंने इधर-उधर देखा। चूँकि अभी बारह भी नहीं बजे थे, रेस्टोरेंट में दो-चार लोग ही थे। कैरेट हवाना का गिलास सामने रखते हुए सोनिया ने कहा,

"यहाँ न्यूयॉर्क में अमेरिका के हर कोने से लोग आते हैं, नाम, यश और पैसा कमाने। यहाँ की ज़िन्दगी में संघर्ष, केवल संघर्ष है। दिन महीने हो जाते हैं और महीने वर्ष; और बीतते हुए वर्षों के साथ हम झरने लगते हैं, मगर सफलता की भाग्यलक्ष्मी किसी-किसी के सिर पर हाथ रखती है।"

सोनिया रोज़नावस्की ख़ुद अपने बारे में बातें करने लगी, फिर अपनी छोटी बहन के बारे में बताने लगी, जो किसी और रेस्टोरेंट में वेट्रेस का काम करती है। वह मॉडलिंग भी करती है। वह रात को बैले भी सिखाती है। इधर-उधर से काफ़ी कमा लेती है, पर पैसा ही सब कुछ नहीं। जीवन की एक निजी सार्थकता भी चाहिए।

तब तक लैरी हम लोगों के पास चला आया। कहने लगा, "मुझे ही देखो। मैं ओहायो से यहाँ आया था, अमीरी और प्रसिद्धि के चक्कर में। चार वर्ष बीत गये। अभी तक कुछ भी हासिल नहीं हुआ। तुम जानती हो सफलता की सीढ़ियों पर वही चढ़ सकता है, जो आगे और पीछे खींची जाती रस्सियों के तनाव में अपना सन्तुलन बनाये रख सके और हर दिन गिने कि कितनी सीढ़ियाँ पार कर आया है। बहुत बार सोचता हूँ, सब कुछ छोड़ दूँ, लेकिन चाहता था कि मैं एक महान संगीतकार बनूँगा, पर क्या पता, क्यों नहीं कुछ कर पाता? कभी सोचता हूँ, एम्पायर स्टेट बिल्डिंग की छत से छलाँग लगा लूँ, लेकिन ऐसे हारने से कैसे चलेगा? धीरज रखना होगा और अधिक धीरज।"

वह मानो ख़ुद को ही समझा रहा था। ख़ुद से ही बातें करता-करता कैश काउंटर पर जाकर बैठ गया। सोनिया को धन्यवाद देकर मैं बाहर निकल आयी। ऊपर जाने की इच्छा नहीं हुई। मैंने टाइम्स स्क्वायर की ओर चलना शुरू कर दिया।

परसों भारत चली जाऊँगी। आइलिन, एलिज़ा, हेल्गा, बिटिना, कितने चेहरे! कितने नाम! थकान लग रही थी। हाथ उठाकर एक टैक्सी को रोका।

"मेसी!" चूँकि यह जनवरी का महीना था और क्रिसमस के बाद बचे हुए सामानों के ऊपर सेल लगा हुआ था। ख़ास भीड़ नहीं थी, पर कुछ ख़रीदने का मन भी नहीं किया। जाने क्यों बार-बार मिसेज़ डी. का रुँधता हुआ गला कानों में गूँज रहा था।

मैं चार बजे तक घर लौट आयी। कैथी काफ़ी सँभली हुई लग रही थी, पर उसका चेहरा! वह ताज़ा फूल कुम्हला गया था।

"प्रभा, मुझे ब्रैडी से बात करनी होगी। नहीं, मेरा प्रेम पर विश्वास नहीं उसने पहली पत्नी को छोड़ा। कल मुझे भी छोड़ देगा। मैं नहीं चाहती कि मैं मम्मी की तरह होऊँ, जो डैड के आतंक में थर-थर काँपती रही थीं। न मैं एलिज़ा की तरह दिवालिया होना चाहती हूँ। मुझे मेरा 'मैं' चाहिए, एक मज़बूत व्यक्तित्व, जो सम्मान से सिर उठाकर खड़ा हो सके।"

"पर तुम ऐसा कुछ भी नहीं करोगी कि बात तुम्हारे और ब्रैडी के सम्बन्ध पर आ जाये।"

"ओफ़! तुम्हारी यही बातें मेरा जी जला देती हैं। तुम इतना क्यों डरती हो? क्यों? बोलो तो आख़िर? ब्रैडी न हुआ, मानो भगवान हो गया। एक ब्रैडी जायेगा तो मुझे दस मिलेंगे, पर काम करने के लिए जीसस ने मुझे एक ही बार आदमी का शरीर दिया है। मेरे बीते हुए वर्ष लौटेंगे क्या? एलिज़ा ने पहले ही क़दम उठाये होते, मगर नहीं, हम सब अपनी ही आदतों के गुलाम होते हैं।"

"क्या प्यार एक आदत है?"

"बिल्कुल।"

मैं चुप थी। सोच रही थी अपने बारे में, अपनी आने वाली ज़िन्दगी के बारे में। एक ठण्डे-बर्फ़ीले संघर्ष के बारे में और सबसे अधिक पेपे के बारे में। क्या वह ज़िन्दा है? क्या अब भी आइलिन को याद करके रोता है? उसकी वे आँखें कुछ न कहती हुई भी बहुत कुछ कहती हुईं, "पेपे, क्या तुम्हारे गले में मेरा कढ़ाई वाला कॉलर अब भी बँधा हुआ है?"

❑❑